U0362570

一个人必须把他的全部力量用于努力改善自身，而不能把他的力量浪费在任何别的事情上。

——列夫·托尔斯泰

大作家讲的小故事

一匹马的身世

［俄］列夫·托尔斯泰 著
草婴 译

图书在版编目(CIP)数据

一匹马的身世/(俄)托尔斯泰(Tolstoy,L. N.)著;草婴译. —北京:北京大学出版社,2014.7
(大作家讲的小故事)
ISBN 978-7-301-21787-0

Ⅰ.①一… Ⅱ.①托…②草… Ⅲ.①短篇小说—小说集—俄罗斯—近代 Ⅳ.①I512.44

中国版本图书馆 CIP 数据核字(2012)第 301111 号

书　　　　名:一匹马的身世
著 作 责 任 者:[俄]列夫·托尔斯泰　著　草婴　译
点评文字撰稿:王水芬
丛 书 策 划:邹艳霞
责 任 编 辑:于　娜
标 准 书 号:ISBN 978-7-301-21787-0/I·2559
出 版 发 行:北京大学出版社
地　　　　址:北京市海淀区成府路 205 号　100871
网　　　　址:http://www.pup.cn　新浪官方微博:@北京大学出版社
电 子 信 箱:zyl@pup.pku.edu.cn
电　　　　话:邮购部 62752015　发行部 62750672　编辑部 62767857
出版部 62754962
印　　刷　　者:三河市博文印刷有限公司
经　　销　　者:新华书店
650 毫米×980 毫米　16 开本　12.75 印张　150 千字
2014 年 7 月第 1 版　2014 年 7 月第 1 次印刷
定　　　　价:28.00 元

目　录
Contents

一匹马的身世

●*带着问题读一读，你会收获更多*●

1. “它老，人家年轻；它瘦，人家丰满；它寂寞，人家快乐。因此，它完全与众不同，是外来的，是另一种生物，不值得怜悯。”马儿真的不值得怜悯吗？
2. 你认为花斑骟马一生的悲剧是什么造成的？为什么？

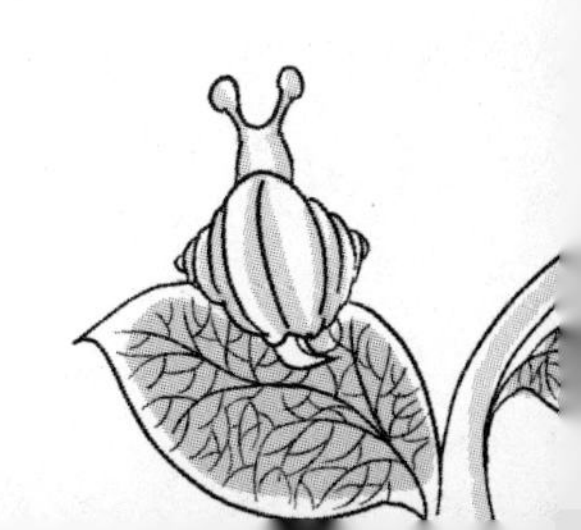

纪念M.A.斯塔霍维奇①

第一章

天空越升越高，朝霞越扩散越宽广，不透明的银露越来越白，镰刀似的残月越来越暗，树林越来越喧闹，这时候人们一个接一个起身了。在老爷家的马厩里，马打响鼻的声音，马蹄踩在干草上的飒飒声，以及马挤在一起、不知为什么争吵的怒气冲冲的尖利嘶叫声也越来越频繁。

“嘿！别急！都饿慌了！”年老的牧马人打开格格响的厩门说。

“往哪儿跑？”他向一匹正要冲出门来的小牝马挥挥手，大喝一声。

牧马人聂斯捷尔身穿哥萨克上衣，拦腰束着有金属饰物的皮带，肩上圈着一条皮鞭，腰带上扣着一包用手巾裹着的面包。他手里拿着鞍子和笼头。

那些马对牧马人的嘲弄腔调既不害怕也不生气，装出若无其事的样子，从容不迫地走出门去。只有一匹鬃毛很长的深褐色老牝马贴住一只耳朵，迅速地转过身去。站在它后面的一匹小牝马对周围发生的事本来漠不关心，这当儿却尖利地叫了一声，往最贴近的那匹马身上踢了一脚。

“嘿！”牧马人更响更严厉地叫起来，向院子一角走去。马圈里的马（大约有一百匹）中有一匹花斑骟马显得最安静，它站在遮檐下的角落里，眯缝着眼睛，舔着棚舍的栎木柱子。不知道这花斑骟马舔出了什么滋味，只见它现出一本正经和若有所思的样子。

---

① 这篇小说的情节是《夜牧》和《骑手》的作者M.A.斯塔霍维奇让给我的。——列夫·托尔斯泰

“真淘气！”牧马人向骟马走去，把鞍子和磨得发亮的鞍垫放在旁边的粪堆上，用同样的口气对它说。

花斑骟马不再舔柱子，一动不动地对聂斯捷尔望了好一阵。它不笑，不生气，也不皱眉，只是收缩整个肚子，长长地叹了一口气，转过身去。牧马人搂住它的脖子，给它戴上笼头。

“你叹什么气啊？”聂斯捷尔说。

骟马摇摇尾巴，仿佛说：“噢，没什么，聂斯捷尔。”聂斯捷尔把鞍垫和鞍子放到它背上，这时它贴住双耳，也许是在表示不满，但它却因此被骂为贱货，肚带也被勒紧了。这时骟马把肚子鼓起来，但它的嘴里被塞进一个手指，肚子也被膝盖撞了一记，只好把气吐出来。虽然如此，当人勒紧它的肚带时，它又贴住耳朵，甚至回头瞪了一眼。它明明知道这是无济于事的，但还是认为有必要表示一下。它每次总要这样表示一下。当它被套上鞍子时，它就伸出那条浮肿的右腿，嚼起马嚼子来。这也许是出于一种特殊的想法，因为它总该知道，马嚼子是没有什么滋味的。

聂斯捷尔踩着短镫爬到骟马背上，解开那圈皮鞭，从膝盖下拉出哥萨克上衣的下摆，以马车夫、猎人和牧马人那种特有的姿势骑到马鞍上，拉了拉缰绳。骟马抬起头，表示已准备好到任何地方去，但仍站在原地不动。它知道，聂斯捷尔出发以前骑在它背上，还要对另一个牧马人华西卡和那些马叫嚷一番，吩咐些什么。果然，聂斯捷尔嚷了起来：“华西卡！喂，华西卡！你把母马都放出去了吗？往哪儿跑，鬼东西！嘿！你睡着了。把门打开，让母马先出去。”等等。

大门格格地响起来。华西卡怒气冲冲，睡眼蒙眬，抓住一匹马的缰绳，站在门框旁边，把马群放出去。马一匹又一匹小心翼翼地一面踩着干草，一面嗅着干草走出去，其中有幼小的牝马、周岁的

马驹、乳驹和挺着大肚子慢吞吞单独走出门去的笨重的母马。小牝马有时三三两两地挤在一起，把头搁在别的马背上，急急忙忙地跑出门去，因此每次总要挨牧马人的叱骂。乳驹有时冲到陌生的母马脚下，响亮地嘶鸣着，来回答母马短促的呼喊。

一匹淘气的小牝马刚跑出大门，就把头低下来歪到一边，翘起屁股，尖叫一声，但毕竟不敢跑到有花斑的灰色老马茹尔德巴前面去。茹尔德巴迈着缓慢而沉重的步子，左右摆动着肚子，照例庄重地走在群马的前头。

几分钟工夫，本来那么热闹地挤满了马的马圈已经空了，显得冷冷清清，空棚舍凄凉地剩下一根根柱子，还有被践踏得乱七八糟的混合着马粪的干草。花斑骗马尽管看惯了这种空空荡荡的景象，但恐怕还是会感到伤心的。它慢悠悠地把头抬起又低下，好像鞠躬一样，尽马肚带所能容许的程度长叹一声，跛着弯曲而僵硬的腿，瘦骨嶙峋的背上驮着上了年纪的聂斯捷尔，一步一步地跟着马群走出去。

“我知道他一到大路上就要打火，抽他那根有小链子的镶铜木头烟管了，”骗马想，“我喜欢他抽烟，因为在露珠滚滚的清晨，我闻到那种烟味觉得怪舒服，它使我想到许多快乐的往事。可恨的是老头儿嘴里一咬烟管，总是忘乎所以，神气活现，侧起身子歪坐在我身上，不知道我这一边正痛得要命。唉，别提啦，人家享乐我吃苦，这已经不是什么新鲜事儿了。我甚至觉得这里面还有一种做马的乐趣呢。让他去抖威风吧，这可怜的人。其实他也只有在没人看见、独个儿的时候才敢这样神气活现，就让他侧着身子坐吧。”骗马一面思索，一面小心地迈着弯曲的腿，在大路中间走着。

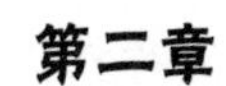

第二章

聂斯捷尔把马群赶到河边放牧。他跳下马，卸去鞍子。草地上露珠滚滚，迷雾从草地上和围绕着草地的小河上慢慢升起，马群就在这片还没被践踏过的草地上慢慢散开来。

聂斯捷尔给花斑骟马卸去笼头，在它脖子下面搔搔痒。骟马闭上眼睛表示感谢和满意。“它可喜欢啦，老东西！”聂斯捷尔说。其实骟马一点也不喜欢这种搔法，它只是出于礼貌才假装高兴，还摇头晃脑表示满意。但聂斯捷尔也许认为，过分的亲昵会使骟马觉得他虚伪，竟无缘无故、出其不意地猛然推了一下骟马的头，挥动马笼头，拿他的扣带狠狠地抽了一下骟马的瘦腿，然后一言不发，往小丘上他通常坐着休息的那个树桩走去。

这个行动虽然使花斑骟马很伤心，但它不动声色，慢悠悠地摇动脱毛的尾巴，嗅着什么，随便嚼着草解闷，往河边走去。它毫不理会周围那些小牝马、周岁的马驹和乳驹在早晨的旷野里欢腾奔跃。它知道先空腹饮足水，然后进食，是很卫生的，特别像它这样的年纪，因此它就选择一处坡度不大的空旷的河岸，踩湿蹄子和距毛，把嘴伸到水里，用破裂的嘴唇啜着水，鼓动膨胀的两肋，得意地摆动毛很稀疏、露出尾根的有花斑的尾巴。

那匹褐色的小牝马是个淘气鬼，它总是逗弄老骟马，做出许多使它很不愉快的事。这时，它涉水向老骟马走去，装出有什么事要到那里去的样子，故意把老骟马面前的水搅浑。但花斑骟马已经喝够了水，仿佛没注意褐色小牝马的捣鬼，镇静地把陷在泥里的脚一只只拔出来，抖了抖脑袋，就避开小马到一旁吃草去了。它用各种姿势伸开四脚，不随便多践踏一根草，几乎腰也不伸一伸，一连吃了三个小时。它吃饱了，肚子垂下来，好像瘦骨嶙峋的两肋上挂着一个大口袋。它站着，用四条病腿均匀地支撑着整个身子来尽量减少疼痛，特

别是减轻那条最软弱的右前腿的负担。它就这样睡着了。

老年有各种各样：有的老年显得庄重，有的老年使人讨厌，有的老年过得悲惨。有的老年虽然庄重却使人讨厌，而花斑骟马现在过的就是这样一种老年。

这匹骟马身材高大，至少有一米五，毛色原来是黑花斑的，但如今黑斑已变成深褐色。它全身的花斑有三处：一处在头部，从弯曲的秃顶，经过鼻子旁边，直到脖子的当中。粘满牛蒡的长鬃毛，有的地方是白的，有的地方呈浅棕色。另一处花斑沿着右肋直到腹部当中。再有一处花斑在臀部，包括上半截尾巴和大腿的一半。剩下的那部分尾巴是灰白的，夹杂着花斑。瘦骨嶙峋的大脑袋在瘦得椎骨突出、像木头一般的脖子上沉重地低垂着，两只眼睛上面都有深窝，一度破裂过的嘴唇也挂了下来。从挂下来的嘴唇里可以看到咬伤过的黑漆漆的舌头和磨损得残缺不全的黄色下齿。两只耳朵——其中一只割破了——低垂在两侧，只偶尔懒洋洋地扇动一下，驱逐纠缠不清的马蝇。一绺长长的鬃毛从额上挂到一只耳朵后面，光秃秃的前额凹陷下去并且显得粗糙，宽大的下颚上的皮像口袋似的垂下来。脖子上和头上的筋脉纵横交错，疙疙瘩瘩，马蝇一停在上面就抖动起来。脸上露出忍耐、深思而痛苦的神情。两条前腿在膝盖处弯得像弓，两只前蹄上都有疣块，在那条一半有花斑的腿上，靠近膝盖处有一个拳头大的肉瘤。两条后腿比较干净，但也有擦伤的疤，上面早已不长毛了。四条腿很长，同瘦骨嶙峋的身躯不相称。肋骨一根根十分清楚地突出，仿佛皮就干巴巴地紧绷在肋骨之间的凹陷处。耆甲和脊背上布满老伤疤，后面还有一个疮正在溃烂。黑色的尾根清楚地露出椎骨，翘得长长的，上面的毛几乎脱光了。褐色的臀部上，靠近尾巴的地方，有一块巴掌大的生有白毛的伤痕，大概是咬伤的；另外有一处刀伤，在肩胛骨上。由于经常腹泻，后腿的膝盖和尾巴弄得很脏。全身的毛虽短，却是直竖的。这匹老马纵然使人讨厌，但只要对它瞧上一眼，你就会情不自禁地深思起来。而行家呢，马上就会说，当年它可是一匹出色的好马啊。

行家甚至会说，全俄国只有这一个品种有这么粗的骨骼，这么大的股骨，这么粗壮的蹄子，这么细长的腿，这么漂亮的脖子，最重要的是这样的头骨，眼睛又大又黑又亮，还有头和脖子周围有这种纯种的脉络，以及这样细软的皮毛。是的，从这匹马的形象上，从各种特征令人吃惊地集中在一起——又是令人讨厌的老朽的样子，又是花纹斑驳的皮毛，又是自命不凡的姿态和表情，又是以原有的美和力而自豪的神气——这一点上，确实显出一种不同凡响的神态。

它是一架有生命的骨头架子，孤零零地兀立在露珠滚滚的草地中央，而离它不远，却传来了走散的马群的蹄声、响鼻声，和年轻马匹的嘶鸣和尖叫。

第三章

太阳升到树林上空，照得草地和蜿蜒的河流闪闪发亮。露水渐渐干了，只剩下一颗颗水珠。在沼泽地附近，在树林上空，早晨残留的薄雾像轻烟一般扩散开来。几朵乌云翻卷着，但地面上还没有风。河对岸绿油油的黑麦已经抽穗，一根根像鬃毛似的竖立着。空中弥漫着草木的芳香。布谷鸟嘶哑的咕咕声从树林那边传来。聂斯捷尔仰天躺在草地上，计算着他还有多少年可以活。百灵鸟飞上了黑麦田和草地的上空。一只晚来的野兔落到马群中间，它跳在空地上，蹲在一丛灌木旁边侧耳倾听。华西卡把头钻到草丛里打盹，那些小牝马都绕过他，在低地上走得更散了。老牝马打着响鼻，在

露水上留下一道分明的蹄印，一直在找寻谁也不来打扰的地方，它已经不再进食，只偶尔嚼嚼美味的嫩草。整个马群悄悄地朝一个方向移动。又是那匹上了年纪的茹尔德巴威严地领头，表示它还能走得更远些。第一次下驹的年轻黑马“苍蝇”不停地嘶鸣着，翘起尾巴，对那匹在它周围抖动膝盖、摇摇晃晃地学步的淡紫色乳驹打着响鼻。深栗色的没有伴侣的“燕子”，皮毛像缎子一样光滑发亮，它垂下头，于是黑丝带般的鬃毛便遮住了它的前额和眼睛。它玩弄着青草——把草咬断，吐掉，又用被露水浸湿的毛茸茸的蹄子践踏着。一匹较大的乳驹大概想出了什么把戏，翘起又短又曲像军帽上的羽饰一般的尾巴，在它母亲周围一连兜了二十六个圈子。做母亲的早已摸透这孩子的脾气，若无其事地啃着草，只偶尔用一只黑色的大眼睛瞟它一眼。最小的一匹乳驹，黑毛，大头，额鬃异样地竖在两耳之间，小尾巴还像在母腹里那样蜷曲着。它竖起耳朵，睁着迷惘的眼睛，一动不动地站着凝视那匹忽而奔驰忽而后退的乳驹，不知道是羡慕它呢还是谴责它这种怪样儿。有的乳驹用鼻子顶着乳房吸奶；有的不知什么缘故，不管母亲的呼唤，用笨拙的小步朝相反的方向跑去，仿佛在找寻什么，接着又莫名其妙地站住，没命地尖声嘶叫；有的并排着侧卧在草地上；有的在学吃草；有的用后脚在耳朵后面搔痒。两匹怀驹的牝马单独走着，一面慢吞吞地迈着步，一面继续吃草。显然，它们的特殊状态是受尊重的，没有一匹年轻的马敢走过去打扰它们。要是有哪个捣蛋鬼想走到它们旁边去，只要动一动耳朵和尾巴，就足以表明它们的行为是不体面的。

周岁的小牝马，都装出老成持重的样子，很少跳跳蹦蹦，很少同快乐的伙伴们待在一起。它们弯着剪过毛像天鹅般的脖子，一本正经地吃着草，还摇摇扫帚式的短尾巴，表示它们也有尾巴了。有的马驹也像大马一样躺着，打着滚，相互搔着痒。最快乐的是那群两三岁的马驹和没有伴侣的牝马。它们几乎总是走在一起，像一群快乐的姑娘一样。从它们那里传来蹄声、尖叫声、嘶鸣声和蹶踢声。它们聚集在一起，相互把头搁在对方的肩上，相互嗅着，跳跳蹦蹦，有时打一下响鼻，尾巴翘得像烟囱，神气活现、卖弄风骚地在同伴面前跑过，又像小跑，又像奔跃。在所有这些小马中间，淘气的褐色小牝马是头号美女和捣蛋鬼。它带头玩弄什么花样，大家就跟着它做；它往哪儿走，整群美女就跟着它往哪儿走。这天早晨，淘气鬼兴致特别好。快乐的情绪支配着它，就像支配着人一样。还在饮水的地方，它就作弄花斑老骟马，在水里跑了一阵，装出受惊的样子，打了个响鼻，飞快地向田野驰去，弄得华西卡只好骑着马去追它和跟它一起跑的那些马。随后，它稍微吃了一点草，躺下来，然后又去逗弄老牝马，一直跑到它们前头，然后又把一匹乳驹从母马身旁冲开，追上去好像要咬它。母马大吃一惊，停止吃草，那乳驹凄惨地叫起来，但淘气鬼并不去碰它，只是吓唬吓唬它，让趣味相投的伙伴们看把戏。河对岸有个庄稼汉驾着一匹杂色马在犁黑麦地，淘气鬼竟想去勾引它。它站住了，骄傲地斜昂起头，浑身扭动一下，用一种甜蜜、温柔而拖长的声音嘶鸣起来。这嘶鸣声带着淘气、热情和忧郁的调子，其中流露出愿望，也流露出对爱情的许诺和追求爱情的苦闷。

瞧吧，一只长脚秧鸡在稠密的芦苇丛里跑来跑去，热情地召唤女友；听吧，布谷鸟和鹌鹑在歌唱爱情，花儿在风中相互传送芬芳的花粉。

“我又年轻，又漂亮，又强壮，”淘气的小牝马这样嘶鸣着，“但到如今我还没尝过爱情的甜蜜，不但没尝过，连情人都还没有一个，还没有一个情人看中我。”

这种情意深长的嘶鸣声充满青春的烦恼和活力，在低地和田

野上回荡，也远远地传到杂色马的耳朵里。它竖起耳朵，站住了。庄稼汉用草鞋踢它，可是杂色马被远方银铃般的嘶鸣声迷住，也不禁嘶鸣起来。庄稼汉大为恼火，拉了拉缰绳，用草鞋使劲踢它的肚子，踢得它来不及嘶鸣完又继续走路。杂色马感到又甜蜜又悲伤，它那刚开始的热情洋溢的嘶鸣声和庄稼汉怒气冲冲的声音又从远处麦地那边久久地往马群这边飘来。

杂色马听到这嘶鸣声就神魂颠倒，把自己的职责都忘记了，要是它看到淘气鬼的俏模样儿，看到它怎样竖起耳朵，张大鼻孔，吸着空气，往哪儿冲去，并且扭动年轻美丽的身体，呼唤着它，那杂色马真不知道又会怎样呢！

但淘气鬼没有沉浸在心事里。杂色马的声音一停止，淘气鬼就又嘲弄地嘶鸣起来，低下头，用脚刨着地面，然后走去弄醒花斑骟马，逗弄它。花斑骟马一向是这快活的小牝马的受害者和取笑对象。它吃这小牝马的苦，比吃人的苦还多。但对马也好，对人也好，它从来都没有做过坏事。人们需要它，可是这些年轻的牝马究竟为什么要折磨它呢？

第四章

它老，人家年轻；它瘦，人家丰满；它寂寞，人家快乐。因此，它完全与众不同，是外来的，是另一种生物，不值得怜悯。马儿只怜惜自己，偶尔也怜惜别的处境相似的马。花斑骟马又老又瘦又难看，但这总不是它的罪过吧……看来不是。但照马的道理来说，它是有罪的，唯有那些年轻力壮和幸福的马，那些前程远大的马，那些身上每块肌肉都会无缘无故跳动，尾巴翘得像柱子那么高的马才是一贯正确的。这一层道理，花斑骟马自己说不定也是懂的。在心平气和的时候，它也承认它是有罪的，因为它已经把一生过完了，它得为所享受的生命付出代价。但它毕竟是一匹马，眼看着年轻的马因为它进入老年——它们总有一天也会老的——而欺负它，它总克制不住委屈、悲伤和愤懑的情绪。这些马的冷酷无情也是出于一种贵族的感情。每一匹马的父系或母系都有显赫的斯密坦卡良种的血统，可是花斑骟马出身不明——花斑骟马是个外来客，是三年前用八十纸卢布从集市上买来的。

褐色的小牝马装作散步，一直走到花斑骟马跟前，把它撞了一下。老骟马知道是怎么回事，没有睁开眼睛，贴着耳朵，龇龇牙。小牝马转过身来，装出要踢它的样子。老骟马睁开眼睛，退到一边，它已经不想睡了，就吃起草来。淘气鬼在几个朋友的陪同下又走到骟马跟前。两岁的白额小牝马很愚蠢，它一举一动都模仿褐色的小牝马，这时也跟了过来，并且像一般模仿者那样总是添油加醋，做得过火。褐色小牝马通常总是装作若无其事地走过去，从骟马面前经过，连瞧都不瞧它一眼，因此骟马实在摸不透该不该生它的气。这情景确实可笑。这会儿褐色小牝马也是如此，可是那白额马跟着它走过去，特别趾高气扬，竟然用胸部去撞骟马。骟马龇牙咧嘴，尖叫一声，以意料不到的麻利劲儿向它扑去，在它的大腿上咬了一口。白额马就往老骟马皮包骨头的肋上狠狠地尥了个蹶子。老骟马气得呼呼直喘气，还想再扑过去，但接着改变了主意，只长叹一声，退到一旁。显然，所有年轻的马都把花斑骟马对白额马的无礼看做是对自己的侮辱，当天都坚决不让它再吃草，一分钟也不给它安宁，使牧马人不得不几次三番叫它们安静，他也弄不懂它们之间究竟出了什么事。骟马气坏了，当聂斯捷尔准备把马群赶回家去时，它主动走到老头儿跟前。等到聂斯捷尔给它备好鞍，骑到它身上时，它才觉得好过些，心里也比较平静了。

当老骟马背上驮着老牧马人的时候，天知道它在想些什么。它

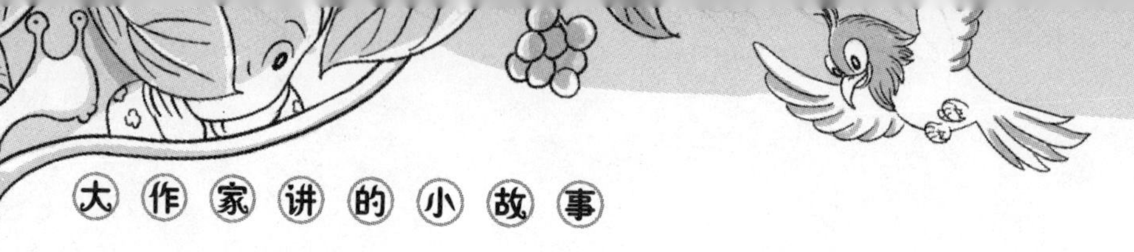

是伤心地想到纠缠不清的冷酷青年呢，还是带着老头儿所特有的轻蔑而沉默的傲气，宽恕了这些侮辱者，不过一直到家它都没有流露它的想法。

这天傍晚，聂斯捷尔家来了几个乡亲。当他赶着马群经过下房时，发现他家大门口停着一辆马车。他赶着马群，匆忙得连鞍子也没卸，就把骟马赶到院子里，喊华西卡，要他把马鞍卸掉，自己却锁上大门，进屋里找乡亲去了。不知是由于这匹从马市上买来、出身不明的“浑身生疮的贱货”侮辱了斯密坦卡的曾孙女白额小牝马，因此亵渎了整个马群的贵族感情呢，还是由于骟马背着一副高高的鞍子而没有人骑，使群马觉得这景象实在荒诞离奇，总之，这天夜里马圈里发生了一件不寻常的事故。所有的马，不论年轻的还是年老的，都龇牙咧嘴，在院子里狂跑，追逐骟马，蹄子嘚嘚响着不断踢它那瘦骨嶙峋的两肋，踢得它哼个不停。骟马再也受不住，再也避不开对它的攻击，它站在院子中央，脸上流露出那种老朽所特有的令人讨厌的怯懦的愤怒和绝望，它贴住耳朵，突然做了一个意外的动作，使所有的马一下子都安静了。那匹最老的牝马维雅卓普里哈走过去，嗅了嗅骟马，叹了一口气，骟马也叹了一口气。

第五章

在月光融融的院子中央站着又高又瘦的骟马，马背上套着鞍韂顶端突出的高高的鞍子。群马一动不动，默默地站在它的周围，仿佛从它那儿知道了什么不平凡的事。真的，它们从它那儿知道了一件新奇的事。

下面就是它们从它那儿知道的事。

……

第一夜[1]

“是的，我是刘别兹内一世和芭芭的儿子。我的名字按排行叫庄稼汉一世，绰号叫霍斯托密尔[2]，因为在俄罗斯没有一匹马的步子比我更宽大更豪放的了。就出身的血统来说，世界上没有一种马比我更高贵。这件事我本来是永远不会告诉你们的。何必呢？可是这样，你们也就永远不会了解我了。这位维雅卓普里哈本来跟我一起在赫列诺伕待过，可是后来她一直没认出我，直到现在才认出来。要不是这位维雅卓普里哈可以作见证，你们恐怕现在也不会相信我吧。这件事我本来是永远不会告诉你们的。我可不需要马的同情。但你们想知道这事。是啊，我就是那个霍斯托密尔，就是那些马迷所努力物色而没有物色到的那种马，我就是那个霍斯托密尔，是伯爵亲自把我从马场上卖掉的，因为我跑得比他的爱马‘天鹅’还快。

“……

“我生下来的时候不知道什么叫‘花斑’，我想我是一匹马就是了。记得第一次人家批评我的毛色，我和我妈都大吃一惊。我大概是在夜里出生的，到天亮我已经被妈舔干净，自己站着了。记得我一直在渴望着什么，我觉得一切都非常奇怪，一切又都非常平凡。我们的马房设在长长的温暖的走廊里，有格子门，通过这种门，外面的一切都可以看得清清楚楚。妈把奶头凑拢来喂我，可我太不懂事了，一会儿在她前腿中间，一会儿在她乳房底下用鼻子乱撞。忽然妈回头往格子门那边望了望，提起一条腿，跨过我的身体，避到一旁。值班的马夫从格子门里望着我们。

“‘瞧你的，芭芭下驹了。’他说着拉开门闩，踏着新铺的干

---

[1] 以下是骟马的自述，因此用第一人称叙述。

[2] 含义见本文第十一章。

草走进来，双手把我抱住。‘你瞧啊，塔拉斯，’他嚷道，‘一身花斑，活像只喜鹊呢。’

“我使劲挣脱，往前一冲就跪了下来。

“‘瞧这鬼东西。’他说。

“妈心里发慌，但并没来保护我，只是长长地叹了一口气，稍稍走开一点。来了几个马夫，大家打量着我。其中一个跑去报告领班的马夫。大家看着我的花斑都笑了，给我起各种各样古怪的名字。别说我，就连我妈都不明白这些名字的意思。在我们的本家和亲戚当中，至今没有一个是花斑的。但我们都没想到这有什么不吉利。我的体格和力气当时就得到大家的称赞。

“‘瞧它多灵活啊，’一个马夫说，‘捉都捉不住它呢！’

“过了一会儿，领班来了，他对我的毛色也感到惊奇，甚至有点伤心。

“‘这丑八怪像谁啊，’他说，‘这会儿将军也不会把它留在马场里了。唉，芭芭，你这回真是存心要我好看啦。’他对我妈说，‘哪怕生个白额也好，却偏偏生了个花斑！’

“我妈什么也没回答，遇到这种情况她只是照例叹一口气。

“‘这丑八怪像什么鬼啊，简直像个庄稼汉，’他又说，‘不能把它留在马场里了，丢人哪，马倒是匹好马，好得很。’他这么说，大家看着我也这么说。过了几天，将军亲自来看我，大家又胆战心惊，又都为我的毛色把我和我妈骂了一通。‘马倒是匹好马，好得很。’谁一看到我，都这么说。

“开春以前，我们都分别住在母马厩里，个个同妈在一起，只有马圈顶上的雪被太阳晒化了的时候，我们才偶尔同妈一起放出来，来到铺着新鲜干草的宽大院子里。这时候，我才初次见到我的亲戚，包括近亲和远亲。也是在这时候，我看见当时的名马都带着她们的奶娃娃从各个门里走出来。这里有老荷兰，有斯密坦卡的女儿‘苍蝇’，有红毛，有骑马‘好心肠’，都是当时赫赫有名的马儿，大家都带着驹子聚集在一起，在太阳底下散步，在新鲜干草上打滚，相互嗅着，像一般马儿那样。这个马圈里当时美女济济一堂的景象，我到如今还忘不了。我原来也很年轻，也很灵活，你们听了一定会感到奇怪，一定很难相信，可那是事实。当时这位维雅卓普里哈也在场，那会儿还是四周岁的驹子——快乐，灵活，样子挺可爱，但不是我有意要得罪她，现在你们这儿都认为她血统高贵，可她当时在驹子里是最起码的。这一点她自己可以给你们证明。

“我的花毛很不受人喜欢，却很招马群的喜爱；所有的马都把我团团围住，欣赏我，同我嬉闹。我开始忘记人类对我花毛的品评，觉得自己很幸福。但不久我就第一次尝到了生活的痛苦，这痛苦是由我妈引起的。开始融雪了，麻雀在屋檐下唧唧啾啾地叫着，空气里春意更浓了。这时候，妈对我的态度有了变化。她的性格完全变了：一会儿她无缘无故在院子里狂奔乱跑，就她这种年龄来说，这是不成体统的；一会儿她想着心事，叫了起来；一会儿她对她的牝马姐妹又是咬又是踢；一会儿她又来嗅我，又不满地打着响鼻；一会儿她走到太阳底下，把头搁在她表姐‘老板娘’的肩上，把她的背搔上好一阵，又把我从奶头底下推开。有一次，领班的马夫来了，吩咐给她戴上笼头从马房里带走。她叫起来，我也跟着叫了一声，向她扑去，可她竟没有回头看我一眼。马夫塔拉斯一把抱住我，妈一被牵出去，门就关上了。我猛地冲过去，把马夫摔倒在干草上，可是门已经关上了，我只听见妈的叫声越去越远。在这叫声里，我已经听不出召唤，只听出另一种表示。回答她的叫声的是远处一个雄壮的声音，后来我知道那是陶勃雷一世。他当时在两个马夫左右护送下来同我妈相会。我记不得塔拉斯是怎样从我的马房

里走出去的，因为我实在太伤心了。我觉得我从此失去了母爱。我想，这一切都因为我是个花斑，我想起人们对我毛色的意见，恼火极了，就用头和膝盖猛撞马房的墙壁，一直撞到我浑身大汗淋漓，精疲力竭。

“过了一阵，妈回到我那儿。我听见她急急地用异样的步子穿过走廊跑到我们房里来了。人们给她打开门，她变得那样年轻、漂亮，我简直不认得她了。她嗅着我，打了个响鼻，高兴地叫起来。我从她的整个表情上看出，她不爱我了。她讲给我听，陶勃雷长得多么英俊，她多么爱他。这种会面继续着，而我同妈之间的关系就变得越来越冷淡了。

“不久我们被放出去吃草。从这时起，我尝到了新的快乐，弥补了失去的母爱。我有了朋友和同伴，我们一起学吃草，学着像大马那样叫，翘起尾巴，在妈妈的周围兜圈子。这是一段幸福的时光。我的一切过失都被原谅了，大家都爱我，都宽宏大量地看着我的一举一动。这样的日子没有持续多久。很快我就遭到了一场大灾难。”骟马长长地叹了一口气，从马群那儿走开。

天色早已破晓。大门格格地响着，聂斯捷尔走进来。马群散开了——牧马人整顿好骟马身上的鞍子，把马群赶了出去。

第六章

第二夜

马群一被赶出去，它们就又聚集在花斑骟马的周围。

“八月里，人们把我同妈分开了，”花斑骟马继续说，“我并不感到特别悲伤。我看到我妈已经怀了我最小的弟弟，著名的乌桑，我也同以前不一样了。我并不妒忌，但我觉得我对妈比较冷淡

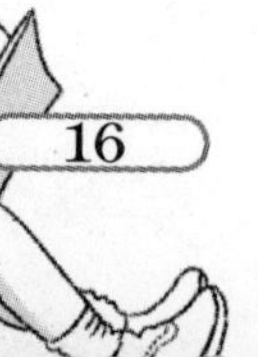

了。此外，我知道，我一离开妈就要进驹子的宿舍，两三匹一间，所有的驹子天天都成群结队地放到野外。我同宝贝合住一间。宝贝是匹骑马，后来成了皇帝的坐骑。他被画了像，还塑了像。可当时他还是匹普通的乳驹，长着一身细软光滑的皮毛，脖子像天鹅，腿像琴弦一般又细又直。他总是很快活、善良、亲切，总是喜欢玩，喜欢舔舔人家，同马或者人开开玩笑。我同他生活在一起，不知不觉成了朋友。这友谊在我们的青年时代一直保持着。他快乐而轻浮。他那时已经在谈恋爱了，他调戏小牝马，嘲笑我的淳朴无知。算我倒霉，我出于自尊心模仿起它来了，不久我也陶醉在爱情里。我这种早熟是我一生发生巨大变化的原因。我就这样入迷了。

“维雅卓普里哈比我大一岁，我同她特别要好，但到了秋末，我发现她看见我害臊起来了……但我不打算讲我初恋的全部悲剧，她自己准记得我对她的狂恋，结果就发生了我一生中最重大的变化。当时牧马人都奔来把她赶走，把我打了一顿。傍晚把我赶到一个特别的马房里，我叫了一个通宵，仿佛预感到明天将要发生的事件。

“第二天早晨，将军、领班的马夫、别的马夫和牧马人都来到我的屋外走廊里。一场可怕的喧闹开始了。将军叱责领班，领班辩护说，他没有吩咐把我放出去，是马夫们自作主张这样做的。将军说他要抽打所有的人，还说驹子说什么也不能保留。领班答应一切照办。他们这才停止争吵，走掉了。我什么也不明白，但我看出他们在策划什么事情对付我。

“……

“那件事发生后的第二天，我就不再嘶叫，我就变成现在这个样了。在我的眼里，整个世界都变了，我觉得什么都不可爱，我闷闷不乐，沉思默想起来。最初我对一切都失去了兴趣。我甚至不吃，不喝，不走动，至于玩，连想都不想了。有时我也想到尥蹶子，跑跑，叫叫，可是立刻就出现一个可怕的问题：何必呢？干什么呀？这样最后的一点劲儿也就没有了。

“一天傍晚，我被牵出去训练，马群正好从田野里回来。我老远就看见滚滚的灰沙和我们那些母马的模糊而熟悉的身影。我听见欢乐的叫声和蹄声。我站住了。虽然马夫拉着笼头绳子，勒痛我的后脑勺，我还是抬头眺望渐渐跑近了的马群，好像眺望一去不复返的幸福一样。她们跑近了，我一个个地认着——全都是我所熟悉的美丽、庄重、强健、肥壮的马儿。她们中间有的也在朝我看。我不再感觉马夫拉笼头的疼痛。我忘乎所以，不由自主地照例嘶叫起来，快步急急跑去，可是我的嘶叫听起来忧郁、可笑、不成体统。马群里谁也没有嘲笑我，可是我发现她们中有许多马儿出于礼貌避开我。她们显然觉得讨厌、可怜、害臊，主要是觉得我可笑。她们笑我那细长呆板的脖子和大头（我在这个时期里瘦多了），笑我又长又笨的腿，笑我照习惯围着马夫兜圈子小跑的难看步法。谁也没有回答我的嘶叫，大家都避开我。我一下子全明白了，明白我同她们永远疏远了，也不记得当时我是怎样跟着马夫回家的。

“以前我的性格就很严肃，并且爱好沉思，如今身上更发生了彻底的变化。我身上受到人们如此蔑视的花斑，我遭到的意料不到的奇怪灾难，以及我感觉到而无法解释的在马场里的特殊地位，都弄得我闷闷不乐。我思索着人们因为我有花斑而斥责我的不公平，我思索着母爱和一切女性的爱随生理条件的变化而变化无常，最主要的是我思索着同我们关系密切、我们称之为人类的那种奇怪动物的本性。这种本性决定了我在马场里地位的特殊性——这种特殊性我是感觉得到的，但无法理解。这种特殊性和成为它基础的人类的本性，我是通过下面一件事才懂得的。

“这事发生在冬天过节的时候。整整一天都没有给我吃的，也没有给我水饮。后来我才知道，这是因为马夫喝醉了酒。当天领班的马夫来到我那里，看到没有饲料，就用最难听的话把那个不在场的马夫臭骂一通，然后走掉。第二天，马夫和他的同伴走进我们的马房给我们上干草，我发现他脸色非常苍白，神情十分悲伤，尤其是在他长长的脊背上显出疼痛难当的样子。他怒气冲冲地把干草从栅栏外面扔进来，我刚要把头从他的肩膀上伸过去，他却狠狠地往我脸上打了一拳，打得我跳了开去。他还用靴子踢我的肚子。

“‘要不是这浑身生疮的东西，就不会出这种事了。’他说。

“‘这话怎么讲？’另一个马夫问。

“‘伯爵的马他是不来看看的，可他自己的驹子一天倒要来看上两次。’

“‘难道花斑送给他了吗？’另外一个马夫问。

“‘是卖的还是送的，只有狗才知道。伯爵的马哪怕全饿死也没关系，可是怎么可以不给他的驹子上料。他叫我躺下，就动手打起来了。没有一点基督徒的良心。对牲口比对人还宝贝，他身上准没有挂十字架，他自己还数着数，这蛮子。连将军也不会这样，把整个背都给打烂了，真是没有一点基督徒的良心。’

“他们谈到鞭笞和基督徒的良心，这些我是明白的，可是我完全弄不懂‘自己的，他的驹子’这一类话的意思，我只看出人们认为我和领班马夫之间有什么特殊关系。究竟是什么关系，我当时可实在弄不懂。直到过了好多时候，把我同其他的马分开养，我才明白它的意思。当时我说什么也弄不懂，把我说成一个人的私有财产究竟是什么意思。我觉得把我这样一匹活生生的马说成是‘我的马’实在别扭，就像说‘我的土地’、‘我的空气’、‘我的水’一样别扭。

“但这些字眼对我的影响可大了。我不停地思考这个问题，直到我同人类产生了种种错综复杂的关系之后，我才懂得人类对这些古怪字眼是怎样解释的。它们的意义就是：在生活中人类不是受事业支配，而是受字眼支配的。他们喜欢的，不是尽可能去做些什么或者不做什么，而是尽可能对各种东西使用他们约定的字眼。他们认为非常重要的字眼就是：‘我的，我的，我的。’他们用这个字眼来谈各种东西、各种动物、各种对象，甚至于用来谈土地、人和马。他们规定每一样东西只有一个人可以说我的。谁能照他们规定的花样，把最多的东西说成我的，谁就是他们中间最幸福的人。为什么要这样，我不明白，但这是事实。我以前费了好大劲给自己解释这样做有什么好处，可是事实证明我的解释是不对的。

“譬如，在把我叫做自己的马的那些人中，有许多人并不驾驭我，驾驭我的完全是另外一些人。喂我的也不是他们，而完全是另外一些人。待我好的也不是他们——车夫、马医，总之都是一些旁人。后来，扩大了观察的范围，我相信不仅是对我们马，对任何东西使用‘我的’这个字眼并没有什么理由，它只是反映人类低级的没有理性的本能——他们把这说成是私有感或私有权。一个人说我的房子，可他从来不在里面住，他只关心房子的建筑和维修。一个商人说我的铺子，譬如说，我的呢绒铺子，他却没有一件衣服是用他铺子里的上等料子做的。有些人把土地称为我的土地，可是他从来没有看到过这块土地，也没有在上面走过。有些人把另外一些人称作他们的人，其实从来没看过那些人，而且他们总是伤害那些人。有些人把女人称为自己的女人或者妻子，而这些女人却与别的男人生活在一起。人们在生活中不是争取多做些他们认为好的事情，而是追求把更多的东西称为自己的。现在我相信，人类同我们最大的区别就在这里。因此不说我们比人类优越的其他地方，光凭这一点，我们就可以大胆说一句，在生物等级的分类上，我们比人类要高一级：支配人类活动的，至少就我所接触到的，是一些字眼；而支配我们的活动的，却是事业。因此，领班的马夫就有权把我说成是‘我的’马，并因此鞭笞了那马夫。这个发现使我大为惊讶，它同我的花斑毛色在人们中间引起的思想和议论，以及我妈把我抛弃在我身上所引起的沉思，这一切都促使我变成一匹现在这样的严肃而深思的骟马。

“我有三重不幸：我有一身花斑，我是一匹骟马，人们还认为我不同于别的一切动物，我既不属于上帝，也不属于我自己，我是属于领班马夫的。

“他们这样看待我引起了许多后果。首先就是把我单独喂养，喂得好一些，更多地用调马索来训练我，较早让我拉车。我第一次拉车还不满三岁。我记得，那个认为我是属于他的领班马夫第一次亲自来给我套车，他带了一群马夫来，满以为我会闹事或者反抗。他们硬把我的嘴唇扳开；他们用绳子把我绕起来，牵到车辕中间；他们在我背上套上一副很宽的十字皮带，把它缚在车辕上，不让我尥蹶子。其实我正在等待机会表示我对劳动的热爱。

“他们感到惊奇，因为我走起来像一匹老马。他们开始训练我，我开始练习小跑。我每天都有很大的进步，因此过了三个月，将军本人和别的许多人对我的跑步都大为称赞。奇怪的是，正因为他们认为我不是他们自己的，而是领班马夫的，所以对我的跑步成绩抱着另一种态度。

“人们训练驹子，训练我的弟兄们，测量他们的耐力，都来欣赏他们，让他们驾镀金的轻便马车，给他们披上珍贵的马衣。我拉着领班马夫的普通马车，为他的事往契斯明卡和别的村子奔驰。这一切都因为我是花斑的，但主要的是，他们认为我不是伯爵的马，

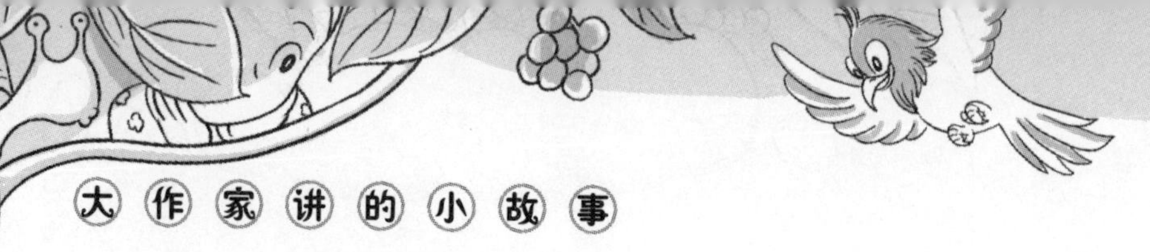

我是领班马夫的私有物。

“明天要是我们还活着，我就告诉你们，领班马夫心目中的私有权在我身上造成了怎样严重的后果。”

这一天，从早到晚，群马对霍斯托密尔都特别尊敬。但聂斯捷尔的态度还是那么粗暴。庄稼汉的那匹杂色马已经走到马群旁边，嘶叫起来，褐色小牝马又在卖弄风情了。

第七章

第三夜

月亮出来了，它像一把狭长的镰刀，照耀着站在院子中央的霍斯托密尔。群马聚集在它的周围。

“由于我不属于伯爵，不属于上帝，而属于领班马夫，这就引起最可怕的后果，”花斑骟马继续说下去，“高速驰骋本来是我们马的天性，竟成了我被驱逐的原因。他们在圈里训练‘天鹅’，领班马夫刚好驾着我从契斯明卡回来，就在圈旁停下。‘天鹅’从我们旁边跑过。他跑得很好，但他毕竟有点卖弄，没有经过像我那样严格的训练，不能做到一只脚一接触到地面，另一只脚立刻离开地面，不浪费一点力气，一个劲儿地往前跑。‘天鹅’从我们旁边跑过，我闯进跑马场，领班马夫没有制止我。‘嘿，让我的花斑试一试怎么样？’他大声叫道，当‘天鹅’第二次同我并排时，他就放开了我。‘天鹅’已经跑得上了劲，因此第一场我落后了，但第二场我就追上去，挨近他的跑车，和他并排，接着又超过了他。人们又试了一次，结果还是这样。我比他跑得快。这使大家都大为惊讶。他们决定把我卖到远处去，不让走漏一点风声。‘要是让伯爵知道，那就糟了！’他们这么说。他们就把我卖给一个马贩子当辕马。我在马贩子那儿待了没多久。有个骠骑兵要补充马匹，把我买了去。这事真是太不讲理，太残酷了，因此当人们把我带出赫列诺伏，永远离开我所珍惜的一切时，我反而感到高兴。我在他们中间实在太受罪了。摆在他们面前的是爱情、荣誉和自由，可是在我的面前呢，却只有劳动、屈辱，屈辱、劳动，一直到生命结束！为什么呢？因为我是花斑的，我就只能做某些人的马。”

这天晚上，霍斯托密尔没能再讲下去。马圈里发生了一件事，弄得所有的马都惊慌失措。怀着小马驹的牝马“老板娘”起初听着故事，忽然转过身去，慢吞吞地走到棚舍下，在那边大声哼哼起来，引起群马的注意。接着它躺下去，接着又站起来，又躺下去。上了年纪的母马都知道是怎么一回事，可年轻的都慌了神，它们抛下骟马，围住身体不舒服的牝马。天快亮的时候，出现了一匹新生的驹子，颤巍巍地用四条小小的腿儿站着。聂斯捷尔把领班马夫叫来。他们把牝马连同驹子带到一间马房里，把其余的马赶走了。

第八章

第四夜

晚上，等到大门关上，万籁俱寂，花斑骟马又继续讲它的身世：

“在我从这个人手里转到那个人手里的过程中，我对人和马作了许多观察。我在两个主人那里待得最久：一个是当上骠骑兵军官的公爵，另一个是住在圣尼古拉教堂旁边的老太婆。

“我在骠骑兵军官那里度过了我一生中最好的时光。

“虽然他是我遭到毁灭的原因，虽然他从来不爱任何人，不爱任何东西，我当时却因此喜欢他，现在也还是喜欢他。他漂亮，幸

福，有钱，因此不爱任何人，可我就因为这个缘故喜欢他。你们了解我们做马的这种高尚的感情。他的冷酷，他的残忍，我对他的从属地位，使我特别爱他。在我们美好的日子里，我有时想：‘打死我吧，赶死我吧，我会因此觉得幸福的。’

“领班马夫以八百卢布的代价把我卖给马贩子，骠骑兵军官又从马贩子那儿把我买下来。他所以把我买下，因为谁也没有一匹花斑马。这是我最美好的时光。他有一个情妇。我知道这件事，因为我天天把他送到这女人那儿，或者把这女人送到他那儿，或者把他们俩一起送到某个地方。他的情妇是个美人，他是个美男子，他的车夫也是个美男子。因此我全爱他们。我的日子过得不错。我的生活是这样的：一早马夫就来给我洗刷，不是军夫，是马夫。马夫是个从农夫中挑选出来的小伙子。他打开房门，放出马的气味，铲掉马粪，解下马衣，用刷子刷我们的身体，又拿马篦篦下一条条白色的污垢，敲落在被马蹄铁踩坏的地板上。我开玩笑地咬咬他的袖子，顿顿脚。然后他把我们一匹匹带到一大桶冷水旁边。那小伙子就欣赏着被他洗刷得光滑发亮的花斑，欣赏着那蹄子很宽的像箭一般直的腿，欣赏着光滑的臀部和背——简直可以在那上面睡觉呢。他们把干草堆在高高的栅栏后面，又把燕麦倒在栎木食槽里。车夫头费奥芳也常常到这里来。

“主人和车夫很相像。两个人都是天不怕地不怕，都是除了自己谁也不爱，因此大家都很喜欢他们。费奥芳穿着红衬衫、黑绒布灯笼裤和腰部打褶的外衣。我喜欢他开玩笑：有时过节，他穿着这种腰部打褶的外衣，身上涂了香油，走到马房里来，大声叫道：‘喂，畜生，你忘啦！’说着又用草叉柄戳戳我的大腿，但总是一点也不痛，他这只是闹着玩的。我立刻明白他是在开玩笑，我就贴起一只耳朵，龇龇牙。

“我们那里有一匹拉双套车的黑驹子。他们常常在夜里把我同他套在一起。这怪物不懂得开玩笑，却凶得像恶鬼。我同他并排站着，中间隔开一道矮栅栏，有时我们就认真地相互咬着，闹了起来。费奥芳可不怕他。有时候，他一直走过来，大喝一声，仿佛要揍他，其实并不，费奥芳只是给他戴上笼头。有一次我同他一起拉车奔下库兹涅茨桥。主人也好，车夫也好，他们都一点也不怕，两人都笑着，吆喝着桥上的人群，驾驭着，转来转去，因此没有压着一个人。

“我为他们效劳，牺牲了我最出色的长处和半条性命。当时他们给我饮水饮得过了头，赶路赶断了腿。尽管这样，这还是我一生中最美好的时光，他们总是在十二点钟来套车，给我的蹄子抹上油，前额和鬃毛洒上水，把我拉到车辕里。

“雪橇是柳条编的，上面铺着丝绒，挽具上有小巧的银扣子，缰绳是丝织的，一度还是抽花的。套具是那么合身，等所有的缰绳和皮带系住扣好，简直分辨不出哪里是套具，哪里是马的身体。他们总是毫不费劲地在棚舍里把车套好。费奥芳走出来，他的屁股比肩膀还宽，肋下束了一根红腰带，察看了一下套具，就坐下来，掖起长袍，一只脚伸进踏镫，总是说句把笑话，挂上那条从来不打我、只是做做样子的鞭子，说声‘走’！我慢吞吞地走出大门，每走一步都要些花样。厨娘走出来倒泔脚水，总要站在门口瞧一瞧。农夫扛柴火到院子里，总是把眼睛睁得老大。我出了大门，跑了一程，又停下来。仆人们走出来，车夫们把车赶在一起，攀谈起来。大家一直等着，有时我们在大门口差不多站上三个钟头，偶尔也有跑上一阵，转个弯，又停下来的。

“最后门口传出响声，头发花白的吉洪穿着燕尾服，挺着大肚子跑出来，叫道：‘过来吧！’当时还没有那种愚蠢的说法——

‘前进’。仿佛我不知道拉车不能‘后退’，只能‘前进’似的。费奥芳咂了一下嘴，车子驶了过去，公爵神气活现地匆匆走出来，仿佛无论是雪橇、马儿，还是那个弓着背、吃力地伸着双臂的费奥芳，都平淡无奇，不屑一顾。公爵头戴高筒军帽，身穿皮大衣，灰色的海龙皮领子遮住他那眉毛乌黑的红润的漂亮脸儿——这么漂亮的脸儿是永远不该遮住的。他走出来，军刀、马刺和铜鞋跟碰得铿锵作响。他匆匆从地毯上走过去，根本不理我，不理费奥芳，不理大家所感兴趣的东西。费奥芳咂了一下嘴，我拉紧缰绳，恭恭敬敬地把车拉到门口停下来。我瞟了一眼公爵，扬了扬头和细长的额鬃。公爵情绪很好，偶尔同费奥芳开个玩笑，费奥芳稍稍转过他那漂亮的头回答着。他没有放下手，用缰绳做着只有我能勉强察觉和懂得的动作。于是一二三，我抖动身上的每块肌肉，把雪和泥浆往雪橇的前部踢去，步子越来越大地向前奔驰。那时也没有现在那种愚蠢的叫法：‘驾！’——仿佛车夫身上什么地方作痛。那时都含混地叫：‘喂，小心啦！’费奥芳就叫起来：‘喂，小心啦！’于是行人闪到一边，站住。他们都歪着脖子瞧着漂亮的骟马、漂亮的车夫和漂亮的老爷。

“当年我最爱超过别的快马。有时候，我同费奥芳老远看见一辆值得追赶的雪橇，我们就像一阵风似的追上去，渐渐地越来越接近它，我把泥浆溅到那辆雪橇的后背，同那雪橇上的乘客并驾齐驱，我朝他头上打了个响鼻，接着又同辕鞍、同车轭并齐，后来就看不见那雪橇，只听见它落在后面越来越远的声音。而公爵、费奥芳和我都不做声，装成我们只是在赶路，根本没注意那些在路上遇见的驾着劣马的人的样子。我喜欢超过人家，但我也喜欢遇见好的快马；只一刹那工夫，一个声音，一个目光，我们就分道扬镳，又独自各奔前程了。”

大门格格地响起来，传来了聂斯捷尔和华西卡的声音。

第五夜

天气开始变了。阴沉沉的，早晨连露水也没有，但很暖和，蚊子成群，纠缠不清。马群一赶回来，马儿又都聚集在花斑骟马周围，花斑骟马就讲完自己的身世：

“我的幸福生活不久就结束了。这样的日子我只过了两年。第二年冬末发生了一件对我来说最快乐的事，接着我就遇到最大的灾难。这件事出在谢肉节，我拉着公爵去赛马。参加比赛的有‘缎子’和‘公牛’。我不知道公爵在亭子里做什么，但知道他走出来吩咐费奥芳把雪橇赶进圈子里去。我记得把我带到圈子里，指定位置，也给‘缎子’指定位置。‘缎子’身上骑一名护送赛车的骑手，我照例拉了一辆城里式样的雪橇。在转弯的地方，我把它抛在后面了。一片欢笑和狂叫向我致敬。

“当我被牵出来时，人群跟着我走来。有五六个人向公爵出价几千卢布要买我。公爵只是露出雪白的牙齿笑笑。

“‘不，’他说，‘这不是一匹马，这是一个朋友，就是拿金山来我也不卖。再见了，各位先生。’他掀开车毯，坐下来。

“到斯托任卡街！’这是他情妇住的地方。我们就飞一样跑去了。这是我们最后一个幸福的日子。

“我们来到她家里。他一向把她称为‘他的’，她却爱上了别人，跟着那人跑了。他在她住的地方知道了这消息，当时已经五点钟，他没有把我换下来，就驾着我去追她。他竟用鞭子抽我，逼着我狂跑，这可是从来没有过的事。我生平头一次乱了步法，我感到害怕，很想改正过来，但公爵没命地叫道：‘快跑！’他扬起鞭子，忽的一声往我身上抽来。我就拼命狂跑，一条腿不断撞在前座的铁条上。我们跑了二十五里地才把她追上。我把他送到了，可是整个晚上直打哆嗦，一点东西也吃不下。第二天早晨给我喝水。我喝了水，从此就不再像我以前那个样子了。我病了，人们折磨我，把我弄成残废——人们却把这说成是医治。蹄子剥落了，脚肿了，弯曲了，胸脯凹了进去，全身软弱无力。他们把我卖给了马贩子。他用胡萝卜和别的东西喂我，弄得我完全不像原来的样子，但可以骗骗外行人。我没有力气，跑路也跑不动。此外，马贩子还折磨我：买主一来，他就走进我的马房里，拿起鞭子狠狠地抽我，吓唬我，弄得我简直要发疯。然后他抹去我身上的鞭痕，把我拉出去。一个老太婆向马贩子把我买下了。她常常驾着我到圣尼古拉教堂去，还要鞭打车夫。那车夫在我的马房里哭。我这时才知道眼泪里有一种咸滋滋的可口味道。后来老太婆死了。她的账房把我带到乡下，卖给一个卖布的行商。后来我吃小麦吃得太多，就病得更厉害了。他们又把我卖给一个农夫。我在他那里耕地，几乎什么也不吃，我的一条腿被犁铧割伤。我又病了。一个吉卜赛人把我换了去。他把我折磨得好苦，最后又把我卖给这里的账房。我就这样来到了这里。”

大家都默不做声。天滴滴答答地下起雨来。

第九章

第二天傍晚，马群回家，看见主人同一个客人在一起。茹尔德巴走近家门，从眼梢上看见两个男人：一个是戴着草帽的少东家，另一个是又高又胖、皮肉松弛的军人。老牝马斜眼瞧了瞧人，转过身，走到主人旁边；那些年轻些的马都惊慌起来，踌躇不前，特别是当主人陪着客人有意走到马群中间，相互指点着什么，交谈着的时候。

“这一匹我是向伏耶伊科夫买的，是匹菊花青。”主人说。

“这匹年轻的白脚黑马是谁的？好极了。”客人说。他们走走停停，品评了许多马儿。他们也注意到那匹褐色小牝马。

“这是我家骑马赫列诺伏传下来的种。”主人说。

他们一路走去，无法一一把每匹马都看个仔细。主人叫唤聂斯捷尔，老头儿连忙用靴跟敲敲花斑骟马的两肋，急急地小步跑来，花斑骟马跛着一条腿跑来，但跑得那么兴冲冲，看来即使叫它拼着命跑到天涯海角，它也绝不会有半句怨言。它甚至准备大跑一阵，甚至试着从右脚起步。

“瞧，我敢说全俄国没有比这更好的马了。”主人指着一匹牝马说。客人称赞了一番。主人兴奋地一会儿走，一会儿跑，指着每一匹马，讲着它们的来历和品种。客人显然听厌了主人的介绍，就想出一些问题来，装出对这些马很感兴趣的样子。

“是的，是的。”他心不在焉地说。

“你瞧瞧，”主人没回答他，径自说下去，“你瞧瞧脚……我花了好多钱才弄到手的，我已经有一匹它生的驹子，三岁，能跑了。”

“跑得好吗？”客人问。

他们就这样差不多把所有的马都品评了一遍。主人再也没有什么好夸耀的了。他们沉默了一会儿。

“怎么样，我们走吧？”

“走吧。”他们向大门口走去。客人高兴的是参观完毕，可以回家去，回家吃喝，抽抽烟，因此情绪很好。他们从骑在花斑骟马背上的聂斯捷尔旁边走过，客人用肥大的手拍了拍花斑骟马的屁股。

“嗬，一身花毛！”他说，“我原来也有这样一匹花斑的，我

记得对你说过了。”

主人听见不是在讲他的马，就没再听下去，只回头看看，仍旧瞧着他的马群。

忽然在他的耳旁响起一声笨拙、虚弱而衰老的嘶鸣。这是花斑骟马在嘶叫，但它仿佛觉得不好意思，叫到一半就停止了。无论是客人还是主人，谁都没有注意这声嘶鸣，回家去了。原来霍斯托密尔认出这个皮肉松弛的老头儿就是它心爱的主人，曾经显赫一时的富有的美男子谢普霍夫斯科依。

第十章

雨继续淅淅沥沥地下着。马圈里阴沉沉的，但老爷的房子里完全是另一番景象。主人家豪华的客厅里摆着豪华的晚茶。主人、主妇和来客正坐在那里吃茶点。

主妇坐在茶炊旁边。她怀孕了，这从她隆起的腹部、挺直而突出的形体、丰满的身子，尤其是从她的眼睛，那双温柔而庄重地瞧着的大眼睛上，可以清楚地看出来。

主人双手端着一盒特制的十年陈雪茄，准备在客人面前炫耀一番。据他说，这样的好烟谁家都没有。主人是个大约二十五岁的美男子，容光焕发，梳理整洁，身子保养得很好。他在家穿着一身在伦敦定制的宽大而厚实的新式西装。他的表链上挂着贵重的大坠子。衬衫袖子的金纽扣很大，镶有绿宝石。他蓄着拿破仑三世式的大胡子，胡子尖抹过香油，卷得向上翘。这种式样看来只有在巴黎才做得出来。主妇身穿一件印有鲜艳大花束的绸连衣裙；一头淡褐色头发虽然夹着假发，但是浓密而秀美，上面插着一支又大又别致的金发针；两手戴着许多手镯和戒指，珠光宝气，十分富丽。茶炊是银制的，茶具都是细瓷的。一个男仆身穿燕尾服和雪白的背心，系着雪白的领带，十分气派，像一座雕像似的站在门口，听候吩咐。家具都是雕花曲腿，光亮夺目；深色的壁纸上印有巨大的花朵。桌旁站着一只非常机灵的小狗，银颈圈铿锵发响。它有一个很难叫的英国名字，主人主妇俩不懂英语，叫起来很别扭。屋角的鲜花丛里放着一架有镶嵌的钢琴。一切都表现出时髦、豪华和高贵的气派。一切都美轮美奂，但给人一种穷奢极侈、好摆阔气、缺乏审美观念的异样感觉。

主人体格健壮，活跃热情，嗜好赛马。像他这样的汉子世界上是永远不会绝迹的。他们出门穿貂皮大衣，给女戏子抛掷贵重的花束，喝最贵的时兴美酒，住最贵的旅馆，以自己的名义发奖，养着最会花钱的女人。

来客尼基塔·谢普霍夫斯科依是个四十开外的人，又高又胖，秃头，蓄着粗大的小胡子和络腮胡子。他过去一定很漂亮，现在看来体力、精神和金钱都不行了。

他一身是债，非工作不可，不然就得坐牢。他现在是以养马场场长的身份来到省城的。这个位置是他身居要职的亲戚给他谋得的。他穿着直领军服和蓝色裤子，这种服装除了阔佬是谁也不会给自己缝制的，衬衫也很讲究，表是英国货。皮靴底很出色，足足有一指厚。

尼基塔·谢普霍夫斯科依这辈子已挥霍掉两百万家产，还欠了十二万的债。有过这样的家产，生活上往往会保留着讲排场的习惯，使他可以凭信用获得贷款。这样几乎又度过十年奢侈的生活。可是十年过去了，排场完了，尼基塔的日子也就凄凉了。他开始喝酒，就是说借酒浇愁，这在从前是不曾有过的。说到喝酒，其实他从来没有开始过，也从来没有结束过。他的沉沦最明显地表现在他目光的闪烁（他的目光开始躲躲闪闪）、语调和举动的犹豫上。这种惶惑不安的神情使大家吃惊，因为以前没有过，是新近才出现的。他这人一向天不怕，地不怕，可现在呢，因为前不久遭受的苦难太沉重，他就变得胆战心惊，完全失去了常态。主人夫妇俩发现这一点，交换了一下眼色，彼此心里明白，决定把这事留到上床前再详细谈论，而对这位可怜的尼基塔暂且容忍一下，甚至款待款待他。年轻主人的幸福模样使尼基塔觉得屈辱，使他回想起一去不返的幸福日子，痛苦地妒忌起来。

“哦，雪茄，您不在乎吧，玛丽？”他对女主人说，语气有点特别，难以捉摸，只有饱经世故的人才这样说话。这种语气客气、友好，但并不十分尊敬，是交际场中老手对情妇而不是对妻子说话时用的。但他绝不是存心侮辱她，相反，他现在巴不得去奉承她和她的主人，虽然他决不会承认这一点。不过，同这一类女人这样说话，他已经习惯了。他知道，要是他像对待一位贵夫人那样对待她，连她自己也会觉得奇怪，甚至感到屈辱的。再说，对一位同自己地位相等的人的正式妻子，必须保持一定的礼貌。他对这类贵夫人一向很恭敬，但并非因为他同意那些杂志（他从来不读这种废料）上所宣扬的要尊敬每个人的人格、婚姻之类毫无意义的论调，而因为凡是规规矩矩的人都是这样的，他也是一个规规矩矩的人，虽然落魄了。

他拿了一支雪茄。但主人却笨手笨脚地拿出一把雪茄来敬客人。

“不，你试试，多出色。拿去吧！”

尼基塔一手推开雪茄，眼睛里隐隐约约地闪过屈辱和羞惭的神色。

“谢谢，”他掏出雪茄烟盒，“尝尝我的。”

主妇很敏感。她发觉这一点，连忙对他说：

“我很喜欢雪茄。要不是我周围已经个个都在抽了，我自己也想抽呢。”

她说着温柔地嫣然一笑。他淡淡地回了她一个微笑。他少了两颗牙齿。

“不，你拿这种吧，”迟钝的主人又说，“另一种淡一些。弗里茨，”他用德语说，“再拿一盒来，那边有两盒呢。”

那德国仆人又拿来一盒烟。

“你喜欢哪一种？凶一些的？这些很好。你全拿去吧。”他又把雪茄塞给客人。他显然因为有机会炫耀他的珍藏感到很得意，旁的什么也没注意。谢普霍夫斯科依抽起烟来，连忙把开了头的话题谈下去。

“你花了多少钱才把‘缎子’弄到手的？”他问。

“花得可多了，五千还不止，但我是有把握的。下了多好的驹子啊，不瞒你说！”

“能跑了吗？”谢普霍夫斯科依问。

“跑得可好了。如今它的儿子已经得过三次奖了：在图拉、莫斯科和彼得堡同伏耶伊科夫的乌骓马比赛过。要不是那个机灵的骑手四次制止它狂跳，它会落后的。”

“它肥了一些。我老实对你说，有一点荷兰马的味道。”谢普霍夫斯科依说。

“至于那些母马吗？我明天给你看。陶勃雷，我花了三千。拉斯科娃，我花了两千。”

主人又列举起他的财产来。主妇看出谢普霍夫斯科依很厌烦，但他假装听着。

“你们还要喝茶吗？”她问。

“不喝了。”主人说，又继续讲下去。她站起来，主人拦住她，搂着她吻了一下。

谢普霍夫斯科依望着他们，并且为了讨好他们，勉强笑了笑，但当主人站起来，搂着主妇走到门帘那边去时，他的脸色顿时变了。他长叹一声，皮肉松弛的脸上忽然现出绝望的神色，甚至还有点愤恨的样子。

第十一章

主人回来了，笑眯眯地在尼基塔对面坐下。他们沉默了一会儿。

“对了，你说是向伏耶伊科夫买的。”谢普霍夫斯科依仿佛漫不经心地说。

“是的，我买了‘缎子’，我说过了。我老想在杜波维茨基那儿买几匹牝马，可他剩下的都是些废料。”

“他破产了。”谢普霍夫斯科依说，忽然住了口，向周围扫了一眼。他记起他还欠这个破了产的人两万卢布呢。要是有人说到谁“破产”，那准是在说他。他不做声了。

两人又沉默了好一阵。主人在脑子里盘算着向客人再吹嘘些什么，谢普霍夫斯科依在考虑，怎样才能表示他并不认为自己是个破产的人。但两人都头脑迟钝，尽管都拼命用雪茄来提精神。

“唉，什么时候喝酒啊？”谢普霍夫斯科依想。“一定得喝点酒，不然跟他在一起会闷死的。”主人想。

“那你在这儿还要待好久吗？”谢普霍夫斯科依问。

“再待个把月。怎么样，我们吃饭吧？弗里茨，饭好了吗？”

他们走到餐室里。餐室的灯下摆着一张桌子，桌子上放满了蜡烛和各种稀奇古怪的东西：苏打水瓶、人像瓶塞、车料玻璃瓶装的美酒、特制的冷盘和伏特加。他们喝了吃，吃了喝，话匣子又打开

了。谢普霍夫斯科依满面通红，毫无顾忌地说了起来。

他们谈到女人，谁那儿有什么女人：吉卜赛女人，舞女，法国女人。

“怎么，你把马蒂埃抛弃了？”主人问。这是使谢普霍夫斯科依倾家荡产的情妇。

“不是我抛弃她，是她抛弃我。唉，老弟，想起来，我这辈子花掉的钱真可观呢！现在我要是有一千卢布就快活了，真的，我要离开所有的人。我在莫斯科待不下去了。唉，有什么好说的！”

主人听着谢普霍夫斯科依的话，感到乏味。他想谈谈他自己——吹嘘吹嘘。可是谢普霍夫斯科依还想谈他的事，谈他辉煌的往事。主人给他斟了酒，等他一结束，就好讲他自己的事，讲他现在怎样办了一个谁也没有过的出色的养马场。还有，他的玛丽不仅是为了钱，而且还真心实意地爱他。

“我想告诉你，在我的养马场里……”他一开口，谢普霍夫斯科依就把他的话打断。

“以前，我可以说，”谢普霍夫斯科依又说起来，“我爱过日子，也会过日子。说到赛马，那你倒说说，你这里哪一匹跑得最快？”

主人高兴的是又有机会讲他的养马场了。他刚开口，却又被谢普霍夫斯科依打断。

“是啊，是啊，”他说，“你这养马场老板只是为了出风头，而不是为了兴趣和生活。我过去可不是这样。我刚才对你说过，我有过一匹拉车的马，花斑的，就同你那个牧马人骑的一样。哦，可真是匹好马！你不会相信的。这是1842年的事，我刚来到莫斯科。我跑到马贩子那儿，看见一匹花斑骟马，是匹良种。我一看就喜欢。价钱吗？一千卢布。我很喜欢，就买下来拉车。我从来没有过这样的马，你也没有，将来也不会有。论速度，论力气，论外形，我都没有见过比它更好的马。你那时还是个孩子，你还不会知道，但我想你一定听说了。全莫斯科都知道它。”

“是的，我听说了，”主人勉强应和说，“但我想给你讲讲我自己那些……”

“那你也听说了。我把它买下来，没有问品种，也没有要证书。后来我才打听到，我是同伏耶伊科夫一起打听到的。这是刘别兹内一世的儿子，叫霍斯托密尔。霍斯托密尔的意思就是量粗麻布[①]。因为它身上有花斑，毛色不纯，赫列诺伏养马场就把它卖给领班马夫，那家伙把它骗了，又卖给马贩子。这样的好马再不会有了，老弟！‘唉，时光过去了，唉，我的青春哪！’”他唱了一句吉卜赛的歌。他有点醉了，“唉，真是好时光啊！那时我才二十五岁，每年有八万卢布收入，没有一根白头发，牙齿颗颗像珍珠。不论干什么，总是得心应手。可现在全完了。”

“哦，那时候还没有这样快的速度，”主人抓住对方停顿的机会说，“我告诉你吧，我的头一批马已经会跑了……”

“你那些马！那时的马快多了。”

“怎么快多了？”

“快多了。到如今我还记得，有一次我在莫斯科驾着它去比赛。我那些马都不在那边。我不喜欢跑马，我有过纯种的‘将军’、肖列、穆罕默德。我总是驾花斑。我的车夫是个好小子，我喜欢他。他也变成酒鬼了。我就这样去比赛。有人说：‘谢普霍夫斯科依，你几时弄到的跑马啊？’我说：‘你们那些老爷马，去它们的，我那匹拉车的花斑准能超过你们所有的马。’他们说：‘哼，超不过的。’我说：‘赌一千卢布。’我们击了掌，赌定

① 俄文“霍斯托密尔”的意思是“量粗麻布的人”，形容这匹马的步子又大又快，像人们量粗麻布一样。

了。大家起跑了。它快了五秒钟，我赢到一千卢布。这算得了什么？我驾着纯种的三驾马车，三小时跑了一百俄里。这事全莫斯科都知道。”

谢普霍夫斯科依开始口若悬河，滔滔不绝地吹起牛来，弄得主人简直一句话也插不进，只好垂头丧气地坐在对面，不断给自己和给他斟酒解闷。

天蒙蒙亮了。可他们还坐着。主人觉得十分无聊。他站起身来。

“睡觉就睡觉吧。”谢普霍夫斯科依也站起来，身子摇摇晃晃地说，气喘吁吁地走到给他安排的屋子里去。

主人同情妇躺在一起。

“真的，他真叫人受不了，喝醉了酒就吹个没完。”

“他还来巴结我呢。”

“我怕他开口借钱。”

谢普霍夫斯科依和衣躺在床上，重重地喘着气。

“我好像吹了不少牛，”他想，“哼，管他的。酒真不错，可他是个大混蛋。身上一股铜臭。我也是个大混蛋，”他自言自语，接着哈哈大笑，“过去我养女人，如今女人养我。是啊，文克列尔莎养我，我向她要钱。她男人这是活该，他这是活该！不过衣服得脱掉，靴子脱不下了。”

“喂，喂！”他叫道，但派来伺候他的仆人早就睡觉去了。

他坐起来，脱掉军服、背心，勉强脱下裤子，可是靴子脱了半天脱不下来，大肚子很碍事。好容易脱掉一只，另一只横脱竖脱，脱得气喘吁吁，把他累坏了。结果就一只脚卡在靴筒里，倒在床上，呼噜呼噜地打起鼾来，弄得整个屋子都充满烟草、酒和肮脏的老年人的气味。

第十二章

这天夜里，要不是华西卡干扰，霍斯托密尔还能回想起一些什么事来。他给它披上马衣，骑着它跑了一会儿。天快亮的时候，他把它同农夫的一匹马一起拴在酒店门口。两匹马互相舔着。早晨骟马走到马群里，老是搔痒。

“什么东西痒得这样厉害啊。”骟马想。

过了五天。马医请来了。他高兴地说：

“疥疮。让我把它卖给吉卜赛人吧。”

“何必呢？宰了吧，今天就把它干掉。”

早晨晴朗无风。马群放牧去了。霍斯托密尔留下。来了一个又黑又瘦又脏的人，样子古怪，长袍上溅满一种黑糊糊的东西。这是一个屠马夫。他看也不看，一把抓住套着霍斯托密尔的笼头绳子，把它拉走。霍斯托密尔像平时一样拖着脚步，后脚缠着干草，头也不回，安静地走去。走出大门，它向井那边走去，可是屠马夫拉住笼头说：“用不着喝了！”

屠马夫和跟在后面的华西卡走到一所砖房后面的洼地上站住，仿佛在这个最普通的地方有什么特别的东西。屠马夫把缰绳交给华西卡，脱去长袍，卷起袖子，从靴筒里拿出刀和磨刀石，动手磨刀。骟马朝缰绳伸过头去，无聊得想嚼嚼绳子，但够不着，只好叹一口气，闭上眼睛。它的嘴唇挂下来，露出磨损的黄牙。它在磨刀声中打着瞌睡。只有它那条伸出的红肿的病腿在微微哆嗦。忽然它觉得有人抓住它的下颚，把头往上扳。它睁开眼睛，它面前有两只狗：一只狗朝屠马夫那边嗅着；另一只坐着，眼睛望着骟马，仿佛对它有所期待。骟马对它们瞧了一眼，就用颧骨去擦擦抓住它的那只手。

“他们大概要给我治病吧，”骟马想，“让他们治吧！”

果然，它觉得他们在它喉咙上弄着什么。它感到痛，浑身打了一个哆嗦，一只脚踢了踢，但它忍住，等着下一步。接着就有一股液体像泉水般流到它的脖子和胸口。它长长地吐了一口气。它觉得好过多了。它的整个生命的负担也减轻了。它闭上眼睛，垂下头，谁也没有去扶住它。接着脖子也垂下来，接着四脚颤动起来，整个身子也跟着摇摇晃晃。它并不害怕，倒是觉得惊奇。一切都是那么新鲜。它感到惊奇，向前、向上猛冲。但四脚一离开原地，就颠踬起来，侧身倒下，它想再向前跨一步，却向着左前方横下来。屠马夫等它停止痉挛，赶开那两只跑拢来的狗，抓住一条马腿，把骟马翻过来，让它四脚朝天，叫华西卡捉住一条腿，剥起皮来。

“原来也是匹好马呢。”华西卡说。

“要是壮一些，皮子就好了。”屠马夫说。

傍晚，马群从山上回来，那些从左边经过的马看见洼地上有一摊红的东西，狗在周围奔走忙碌，乌鸦和老鹰飞来飞去。一只狗用爪子按住马尸，摇头晃脑，把咬住的东西撕得嗞嗞直响。褐色的小牝马停住脚步，伸长头和脖子，好一阵吸着空气。人们好容易才把它赶开。

黎明时分，在老树林的谷地里，在野草丛生的林间空地上，几只头很大的小狼高兴地嗥叫着。小狼一共五只：四只大小差不多，一只最小的，头比身体还大。一只脱毛的瘦母狼，大肚子上的奶头直垂到地面，从灌木丛里走出来，坐在小狼对面。那些小狼就在它前面围成半个圆圈。母狼走到那只最小的狼前面，垂下尾巴，嘴向下伸了伸，抽搐了几下，张开牙齿锋利的嘴，使劲一咳，咳出一大块马肉来。几只大些的小狼都冲过来，但母狼威胁地向它们冲了一步，把所有的马肉都留给最小的狼吃。最小的狼仿佛生气了，咆哮着，把马肉按住，大嚼起来。母狼又同样咳出一块肉来给另一只小狼吃，接着又喂第三只。等五只小狼都喂过了，就在它们前面躺下来休息。

过了一星期，砖房旁边就只剩下一个巨大的颅骨和两根大腿骨，其余的都被拖散了。到了夏天，收集骨头的农夫把这两根大腿骨和颅骨也拿去派了用处。

谢普霍夫斯科依，这个在世上吃喝玩乐了一辈子的人，他的尸体被收拾到土里可要晚多了。他的皮也罢，肉也罢，骨头也罢，都毫无用处。这具行尸走肉最后的二十年一直是人们沉重的负担，而把这具尸体埋入土里，则又一次给人们添了麻烦。早已没有任何人需要他了，人人早就觉得他是个累赘，但埋葬行尸走肉的行尸走肉仍然认为必须把这立刻腐烂肿胀的尸体穿上讲究的礼服、讲究的皮靴，放进讲究的新棺材里，四角再配上崭新的璎珞，然后把这崭新的棺材放到崭新的铅椁里，运到莫斯科，在那里掘掉古人的尸骨，就在这地方把这穿着崭新礼服、锃亮皮靴的腐烂生蛆的尸体埋葬下去，盖上浮土。[①]

1863年至1885年

托尔斯泰的作品中，对农奴制下的农民生活有着深切的表现，明确显露出他对农民苦难的同情，对贵族剥削阶级骄奢淫逸

① 本篇原译作“霍斯托密尔——一匹马的身世”，本书出版时作了改动。——编者注

的厌恶。

他在小说《一匹苦难的马》中，借一匹马苦难历程的描写，隐喻农民的处境。他的花斑骟马，“不属于上帝，不属于自己，只属于领班马夫”，它多次被卖来卖去，各个主人为自己的利益一次次地出卖它。托尔斯泰描绘的花斑骟马，细致入微，从皮毛花色，到步履行态、青春心理、老年心态，到晚年要被杀死之前，还在善良地想，他们是给我来治病的吧？相对花斑骟马令人感叹的一生的结束，托尔斯泰对比了马的主人，曾经显赫一时的富有的美男子谢普霍夫斯科依。“这个在世上吃喝玩乐了一辈子的人，他的尸体被收拾到土里可要晚多了。他的皮也罢，肉也罢，骨头也罢，都毫无用处。”

托尔斯泰鲜活地写出农场马圈的早晨，马在草原上的自由神态。尤其是花斑骟马，当年一匹出色的好马，全俄国只有这一个品种有这么粗的骨骼……各种特征令人吃惊地集中在一起——又是令人讨厌的老朽的样子，又是花纹斑驳的皮毛，又是自命不凡的姿态和表情，又是以原有的美和力而自豪的神气……这些描写对它多舛的命运做了很好的铺垫，也显露作者对农场、草原的熟悉，我们几乎从字面上，就嗅到了俄罗斯草原的气息。

傻子伊凡的故事

带着问题读一读，你会收获更多

1. 伊凡的爸爸对大儿子谢苗说：“你什么也没给我带回家来，我为什么要给你三分之一家产？再说伊凡和姑娘会不高兴的。”你认为爸爸为什么会觉得伊凡和姑娘会不高兴呢？
2. 读了这个故事，你觉得伊凡真的是个傻子吗？

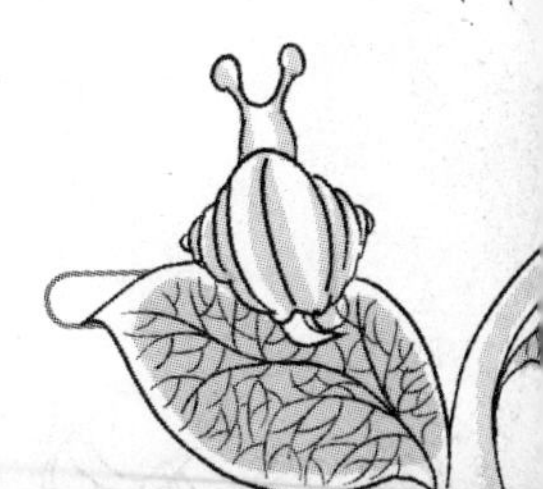

一

从前某国有个富裕的农民。这个富裕的农民有三个儿子：军人谢苗、大肚子塔拉斯和傻子伊凡。还有一个哑女老姑娘玛拉尼娅。军人谢苗出去打仗，为沙皇效劳；大肚子塔拉斯进城跟商人做买卖；傻子伊凡和姑娘在家里劳动过活。军人谢苗打仗有功，当上大官，得到封地，娶了个贵族姑娘为妻。他俸禄优厚，领地很大，但总是入不敷出：不论他收入多少，贵族出身的妻子都花个精光，弄得家里总是缺钱用。军人谢苗到领地收租，总管对他说：

“收不到，我们没有牲口，没有农具，没有马，没有牛，没有犁，没有耙。先要置办这一切，才会有收入。”

军人谢苗去找父亲，说：

“爸爸，你很有钱，可是什么也没给我。你分三分之一家产给我，让我并入我的领地。”

老头儿说：

“你什么也没给我带回家来，我为什么要给你三分之一家产？再说伊凡和姑娘会不高兴的。”

谢苗说：

“伊凡是个傻子，姑娘又是个哑巴，他们需要什么？”

老头儿说：

“看伊凡怎么说。”

伊凡却说：

“行，给他吧。”

军人谢苗从家里拿走一份，并到他的领地，自己又给沙皇效劳去了。

大肚子塔拉斯挣了不少钱，娶了个商人的女儿为妻，但他还是

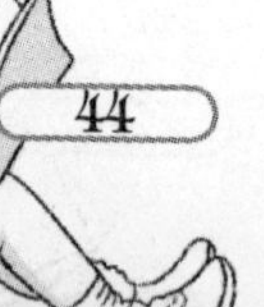

嫌钱少，走来对父亲说：

“把我的一份分给我吧。”

老头儿也不愿给塔拉斯一份，他说：

“你什么也没给过我们，家里的一切都是伊凡挣来的，可不能委屈他和姑娘。”

塔拉斯说：

“给他有什么用？他是傻子，讨不到老婆，没有人会嫁给他。姑娘是个哑巴，她什么也不需要。伊凡，你分一半粮食给我，挽具我不要，牲口我只要那匹灰毛公马，耕地它也用不上。”

伊凡笑道：

“好吧，我去给你套马。”

塔拉斯也分到了一份财产。他把粮食运到城里，牵走了灰毛公马。这样伊凡只剩一匹老母马，但他照样干活赡养父母。

二

三兄弟分财产没有吵架，却友好地分手，这使老魔鬼大为生气。他把三个小鬼叫来，对他们说：

“你们看，现在有三弟兄：军人谢苗、大肚子塔拉斯和傻子伊凡。我要他们吵翻天，他们却和睦相处，十分友爱。傻子把我的事全搞糟了。你们三个去，一个对付一个，要挑动他们打个你死我活。你们办得到吗？”

“办得到。”三个小鬼说。

“那么，你们打算怎么办？”

三个小鬼说：“我们先叫他们破产，穷得没饭吃，再把他们弄到一起，他们就会大打出手。”

“嗯，很好，”老魔鬼说，“我看你们都很在行。去吧，

不把他们搞得天翻地覆别来见我，要是办不到，我就剥你们三个的皮。”

三个小鬼到沼泽地去商量，这事怎样进行。他们争吵不休，个个都想弄份轻松活干。最后决定抽签，谁抽到什么就干什么。他们还讲定，谁先干完，谁就得帮另外两个干。小鬼们抽了签，定了在沼泽地再次碰头的日子，以便知道谁先干完，该帮谁干。

到了规定的日子，三个小鬼如约来到沼泽地。他们谈了各自的情况。从军人谢苗那儿来的小鬼第一个讲：

“我的事干得挺顺利。我那个谢苗明天就要回父亲家去了。”

另外两个小鬼问他：

“你是怎么干的？”

“我吗？”他说，“第一件事是使谢苗胆大包天，他竟向皇帝保证要征服天下。皇帝就任命谢苗为司令去打印度皇帝。交战前夜，我把谢苗军队里的火药全部弄湿，又到印度皇帝那里用麦秸变出了无数士兵。谢苗的兵看见麦秸兵从四面八方包围过来，都胆战心惊。谢苗下令开火，但枪炮都打不响。谢苗的兵害怕了，都像绵羊一般落荒而逃。印度皇帝把他们打得落花流水。军人谢苗名誉扫地，封地被收回，明天要上断头台。我只剩下一天的活要干，那就是放他出狱，让他逃回家。明天我就能腾出手来。你们说，我该帮谁的忙。”

第二个小鬼从塔拉斯那儿来，讲了他的事：

“我不需要帮助。我的事也挺顺利，塔拉斯活不满一个星期了。我先使他的肚子变得更大，人变得更贪心。他对财物贪得无厌，不管见了什么都要买。他用自己的钱买了无数东西，但还是想买，结果就只好借钱来买。他欠了一身的债，怎么也还不清。再过一星期就到还债的日子，我要把他的东西统统变成粪土，他还不起

债，就会去找父亲。”

两个小鬼又问从伊凡那儿来的小鬼。

“你的事情怎么样？”

“唉，”那个小鬼说，“我的事情可不顺利。我先往他那罐克瓦斯里唾上几口，叫他肚子疼；再到他的地里，把土地夯得像石头一样硬，使他刨不动。我以为他刨不动就会放弃，没想到这傻子把犁拉来耕。他肚子疼得直哼哼，可他还是一个劲儿地耕。我把他的犁折断，不想傻子回家又拉来一把犁，又耕起来。我钻到地底下拉住他的犁铧，却怎么也拉不住。犁铧很锋利，他使劲一推，把我的两只手都割伤了。他的地差不多都耕好了，现在只剩下一条垄。弟兄们，你们快来帮帮忙，要是我们治不了他一个，我们就白辛苦一场了。要是傻子继续干农活，他们就不会挨饿，傻子会养活他两个哥哥的。”

从军人谢苗那儿来的小鬼答应明天去帮忙，三个小鬼就走散了。

三

伊凡把全部闲地都翻耕好了，只剩下一条垄还没有耕。他跑过来想把它耕完。他肚子疼，可是地还得耕。他赶牲口下地，扶住犁向前走。他刚掉头往回走，就觉得犁仿佛被树根绊住，拉不动。原来是小鬼两脚盘在木犁叉梁上，把它顶住。伊凡想：“真是怪事！这儿根本没有树，哪儿来的树根？”伊凡伸手到犁沟里一摸，摸到一样软绵绵的东西。他抓住这东西，拉出来一看，黑黑的有点像树根，但上面有什么东西在动。仔细一看，原来是个活生生的小鬼。

“瞧你，”伊凡说，“真叫人恶心！”

伊凡一挥手，想拿小鬼在犁上砸死，小鬼吱吱地叫起来。

“别砸我，”小鬼说，“你要我做什么都行。”

“你能为我做什么？”

“你尽管吩咐好了。”

伊凡搔搔头皮，说：

“我肚子疼，你能治吗？”

“我能。”小鬼说。

“那么，你替我治一治吧。”

小鬼俯身在犁沟里摸呀摸的，摸出一个三叉草根递给伊凡，说：

“瞧，只要吞下一根草根，什么病都能治好。”

伊凡拿过草根，扯下一根吞下去，肚子立刻不疼了。

小鬼又请求道：

“现在你放了我吧，我钻到地底下，再也不来了。”

“好吧，”伊凡说，“上帝保佑你！”

伊凡一提到上帝，小鬼立刻钻到地下，好像石头沉入大海，只留下一个窟窿。伊凡把剩下两个叉的草根塞到帽子里，继续耕地。他耕完这垄地，把犁转过来，回家去。他回到家里，卸了马，走进屋，看见大哥军人谢苗夫妻俩坐在那里吃饭。他们的封地被收回，好容易出狱来到父亲家栖身。

谢苗看见伊凡说：

“我到你这儿来住，我没找到工作前，你就养着我们两口子吧。”

“那好，”伊凡说，“你们住下吧。”

伊凡刚在长凳上坐下，这位贵夫人不喜欢他身上的味儿，就对丈夫说：

“我不能跟臭庄稼佬一起吃饭。”

军人谢苗就说：

“我太太说，你身上的味很难闻，你最好到门廊去吃。”

“那好，”伊凡说，“我正要把马牵出去吃夜草呢。”

伊凡拿了面包、长袍，出去放马。

四

这天晚上，军人谢苗的小鬼干完了活，如约到伊凡的小鬼那里帮忙，折磨伊凡。他走到地里找了好半天，怎么也不见朋友的影子，只发现一个窟窿。他想：“看来朋友出事了，我得来顶替他。地已经耕完，等傻子来割草我再跟他捣蛋。”

小鬼来到草地上，给伊凡的草地灌了水，弄得那里一片泥泞。清早，伊凡放夜马回来，磨快镰刀，到草地去割草。伊凡来到草地。他挥动镰刀，挥了一两下，镰刀就钝得割不动，得再磨。伊凡使劲割了一阵。

“不行，”他说，“得回家去拿打刀器，再带一个大面包来。哪怕花上一个星期我也不走，非把它割完不可。”

小鬼听见这话，想：

“这傻子真是个死顽固，治不了他，得另想办法。”

伊凡走来，打直了刀刃，动手割草。小鬼钻到草丛里，抓住镰刀，让刀尖扎进土里。伊凡干得筋疲力尽，但还是把一大片草割完，只剩下沼泽地里一小块。小鬼钻到沼泽地里想：

“哪怕砍断我的爪子，我也不让你割。”

伊凡来到沼泽地，草看上去并不密，可是镰刀挥不开。伊凡火了，使出全身力气拼命挥刀。小鬼招架不住，眼看事情不妙，就躲到树丛里。伊凡使劲一刀，砍到树丛里，把小鬼的尾巴砍掉半截。伊凡割完草，叫妹妹来耙，自己又去割黑麦。

伊凡带了钩形镰刀来到黑麦地，断尾巴小鬼已先到那里，他把黑麦弄得乱七八糟，镰刀怎么也没法割。伊凡回家拿了一把月牙小镰刀，终于把黑麦地都割好了。

“嗯，现在该割燕麦了。”伊凡说。

断尾巴小鬼听见这话，想：“黑麦地搞不成，我就去燕麦地捣蛋，不过到明天早上再去。”第二天早上，小鬼来到燕麦地，只见燕麦已全部割好。原来伊凡连夜把燕麦割光，这样可以少掉麦粒。小鬼大为恼火，说：

“傻子把我砍伤了，让我吃足苦头。这样倒霉的事就是打仗也没有碰到过！这该死的家伙连觉也不睡，叫我怎么赶得上！现在我钻到麦垛里去，让他的麦子统统烂掉。”

小鬼钻到麦垛里，让麦捆发热腐烂，他在里面觉得暖烘烘的，便打起瞌睡来。

伊凡套好马，同妹妹一起去运麦子。他把大车赶到麦垛那里，动手把麦捆叉到车上。他只扔了两捆麦，一叉就戳住小鬼的屁股，举起来一看，是个活生生的小鬼，而且是断尾巴的。小鬼在叉上拼命挣扎，想溜掉。

伊凡说：“瞧你，真叫人恶心！你又来啦？”

小鬼说：“我是另外一个，那一个是我兄弟。我原来在你哥哥谢苗那儿。”

伊凡说：“哼，不管你是哪一个，你的下场都一样！”他要把小鬼在大车横木上砸死，小鬼就哀求道：

“饶命吧，我再也不敢了，你要我做什么都行。”

“你能做什么呀？”伊凡问。

“不论什么东西，我都能把它变成士兵。”小鬼回答。

“我要士兵做什么？”

“你要他们干什么，他们就能干什么。”

“他们会奏乐吗？”

“会。”

“那好，你就变吧。”

小鬼说：

“你拿一捆黑麦往地上一扔，嘴里说：‘我的奴仆命令，麦秸变成兵，有几根麦秸变几个兵。’”

伊凡拿起一捆黑麦往地上一扔，照小鬼的话说了一遍。麦捆立刻解开，麦秸变成士兵，还有一名号手和一名鼓手在前面吹打。伊凡笑道：

“真有你的，好灵巧！姑娘们这下子可乐了。”

“现在你可以放我了吧。”小鬼说。

“不，我要先脱粒再变，要不就会糟蹋粮食。你教教我，怎样把士兵再变成麦秸。我要先脱粒。”伊凡说。

小鬼说：

“你只要说：‘有多少名士兵，就变多少根麦秸。我的奴仆命令，士兵再变成麦秸！’”

伊凡照说了一遍，士兵就又变成麦秸。

小鬼又请求道：

“现在你放我走吧。”

“好！”

伊凡把小鬼挂在大车横木上，一手把他按住从草叉上扯下来，说：

“上帝保佑！”伊凡一提到上帝，小鬼立刻钻到地底下，好像石头沉入大海，只留下一个窟窿。

伊凡走回家，只见二哥塔拉斯夫妻俩坐在那里吃晚饭。原来大

肚子塔拉斯还不清账，就跑到老家躲债。他看见伊凡进来，就说：

“喂，伊凡，我现在还没发财，你就先养养我们两口子吧！”

“那好。”伊凡说，“住下吧！”

伊凡脱下长袍，在桌边坐下。

二嫂说：

“我不能跟傻子一起吃饭，他一身汗臭。”

大肚子塔拉斯就说：

“伊凡，你身上的味儿不好闻，你到门廊去吃吧。”

“那好。”伊凡说。

他拿起面包到院子里去，嘴里说：

“我正好要牵母马去吃夜草了。”

五

这天晚上，塔拉斯的小鬼也脱身出来，如约去帮朋友跟傻子伊凡捣蛋。他到耕地上找朋友，找了好半天，连一个也没有找到，只发现一个窟窿。他走到草地上，结果在沼泽上找到一截尾巴，接着又在黑麦地里发现一个窟窿。他想：“看来朋友们遭殃了，我得替他们去对付傻子。”

小鬼去找伊凡，伊凡已离开田野，到树林里伐木去了。

原来两个哥哥住在一起觉得太挤，吩咐傻子去伐木盖新房。

小鬼跑进树林，爬到树上，和伊凡捣蛋。伊凡砍断一棵树，照规矩要让它倒在空地上，可是树随便倒下，结果夹在树桠中间。伊凡砍了一个大叉，好容易才把树放倒在空地上。伊凡又砍一棵树，情况也是这样。他费尽力气才把树拉出来。他砍第三棵树，还是这样。伊凡本想砍五十棵树，结果还没砍满十棵天就黑了。伊凡累坏了。他大汗淋漓，浑身冒热气，树林里仿佛升起雾气，但他还是不肯罢休。他又砍断一棵树，感到脊背疼痛难当，一点力气也没有了，就把斧头扎在树上，坐下来休息。小鬼听见伊凡停工，很高兴，心里想："哦，他没有力气了，让我也休息一下吧。"他骑在树枝上，洋洋得意，不想伊凡站起来，拔出斧头使劲从另一边砍去，树立刻断裂，轰隆一声倒在地上。小鬼没料到这一着，来不及把腿抽出来，树枝就断了，把他的爪子夹住。伊凡动手收拾树枝，发现一个活生生的小鬼，大为惊讶。

"瞧你，"伊凡说，"真叫人恶心！你又来啦？"

"我是另外一个，"小鬼说，"我原来在你哥哥塔拉斯那儿。"

"哼，不管你是哪一个，下场都一样！"

伊凡抡起斧头，想用斧背把小鬼砸死。小鬼哀求道：

"别砸我，你要我做什么都行。"

"你能做什么呀？"

"你要多少钱，我就能给你变出多少钱来。"

"那好，你就变吧！"

于是小鬼教他变钱的方法。

"你从这棵栎树上扯下几片叶子放在手里搓，金币就会不断落到地上。"

伊凡扯下几片叶子放在手里搓，金币纷纷落到地上。

"太妙了！"伊凡说，"下次做游戏可以逗逗乡亲们了。"

"你放我走吧！"小鬼说。

"那好！"伊凡拿起大叉把小鬼叉出来，说，"上帝保佑你！"他一提到上帝，小鬼就钻到地底下，好像石头沉入大海，只留下一个窟窿。

六

两个哥哥盖了新房，分开来住。伊凡收好地里的庄稼，酿了啤酒，请两个哥哥来喝酒。两个哥哥都不来伊凡家做客。

“我们不喝庄稼人的酒。”两个哥哥说。

伊凡就请了村里男女来喝酒。他自己也喝得醉醺醺的，跑到街上跳舞。伊凡走到跳轮舞的人前面，要婆娘们给他唱赞歌，说：

“我要给你们看一样东西，你们这辈子从没见过。”

婆娘们笑了，给他唱起赞歌来。她们唱完赞歌说：

“好了，把东西拿出来吧。”

“马上拿来。”伊凡说。他拿起笆斗往树林里跑去。婆娘们都笑了：“真是个傻子！”接着就把他给忘了。不多一会儿，伊凡跑回来，带来满满一斗东西。

“要分给你们吗？”

“分吧！”

伊凡抓起一把金币向婆娘们扔去。天哪！婆娘们都扑过去捡，男人们也跳出来你抢我夺。一个老太婆险些被人踩死。伊凡笑了。

“哼，你们这些傻子，”他说，“怎么踩起老大娘来！别急，我再给你们一些。”他又给她们扔金币，大家跑过来，伊凡把一斗金币都倒出来。大家要求他再给，他说：

“没有了。下次再给你们。现在让我们唱歌跳舞吧。”

婆娘们就唱起歌来。

“你们的歌不好听。”伊凡说。

“什么歌才好听啊！”她们问。

“等着，我这就给你们看。”伊凡说。伊凡来到打谷场，抽出一捆麦秸，打下麦粒，往地上一戳说：

“喂，我的奴仆，把麦秸变成兵，一根麦秸变一个兵。”

一捆麦秸散开来，变成一个个士兵，有的打鼓，有的吹号。伊凡命令他们演奏歌曲，同他们一起来到街上。老百姓都啧啧称奇。士兵演奏了一阵，伊凡又把他们领回打谷场，但不许任何人跟着去。他又把士兵变回麦捆，扔到垛上。他回到家里，在屋角躺下睡觉。

七

第二天早上，大哥军人谢苗知道了这件事，来找伊凡。

“告诉我，”谢苗说，“你从哪儿弄来士兵，后来又把他们带到哪儿去了？”

“你问这干吗？”伊凡说。

“什么干吗？有了兵什么事都好办。你可以征服一个王国。”

伊凡大为惊讶，说：

“是吗？你怎么不早说？你要多少我可以给你变多少。好在我和姑娘还存了许多麦秸。”

伊凡把哥哥领到打谷场上，说：

“听好，我把他们变出来，你就得把他们带走，要是你想养活他们，他们一天就会把村子里的粮食吃光。”

谢苗答应把士兵带走，伊凡就给他变。他拿起一捆麦子往打谷场上一戳，就变出了一个连的兵，再拿起一捆，又是一个连的兵。他变出许多兵来，把整块田都占满了。

“怎么样，够了吗？”

谢苗高兴地说：

“够了。谢谢你，伊凡。”

“那好，”伊凡说，“要是你还要，再来，我再变。今年麦秸

多的是。”

军人谢苗立刻指挥军队，率领他们去作战。

军人谢苗一走，大肚子塔拉斯来了。他也知道了昨天的事，就要求弟弟说：

“告诉我，你从哪儿弄来的金币？我要是有这么一笔本钱，就能把天下的钱都赚到手。”

伊凡大为惊讶，说：

“哦，你怎么不早说？你要多少，我可以给你搓多少。”

二哥高兴地说：

“你就给我三笆斗。”

“那好，”伊凡说，“我们到树林里去，最好套一辆车，不然你拿不回来。”

他们来到树林里，伊凡采下许多栎树叶子，搓出一大堆金币。

“够了吧？”伊凡问。

塔拉斯高兴地说：

“暂时够了，谢谢你，伊凡。”

“那好，”伊凡说，“要是你还要，再来，我再搓，叶子多的很。”

大肚子塔拉斯装了整整一车金币，出去做买卖。

两个哥哥都走了。谢苗去打仗，塔拉斯去做买卖。军人谢苗征服了一个王国，大肚子塔拉斯赚了一大堆钱。

两个哥哥碰在一起，谢苗讲了他的兵是从哪里来的，塔拉斯讲了他的钱是从哪里来的。

军人谢苗对弟弟说：

“我征服了一个王国，日子过得很好，可就是缺钱，我得养活这些兵。”

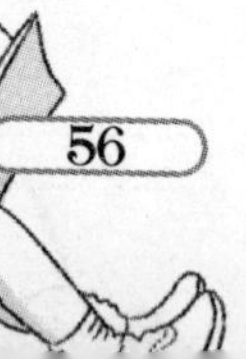

大肚子塔拉斯说：

“我啊，攒下的钱堆成山，愁的是没有人给我看守这些钱。”

军人谢苗就说：

“我们去找伊凡弟弟，我叫他再变些兵来给你看钱，你叫他再搓些钱来养活我的兵。”

他们就去找伊凡。到了伊凡家里，谢苗说：

“弟弟，我的兵不够，你再给我变一些，哪怕再变两捆麦秸也好。”

伊凡摇摇头说：

“不，我再也不给你变了。”

“怎么，”谢苗说，“你不是答应过吗？”

“我答应过，”伊凡说，“可我再也不干了。”

“傻子，你究竟为什么不干啊？”

“因为你的兵打死了人。前几天我在路边耕地，看见一个婆娘运一口棺材过来，哭得好伤心。我问她：‘谁死啦？’她说：‘谢苗的兵打仗把我丈夫打死了。’我原来以为士兵只唱唱歌，可他们竟会杀人。我再也不给你了。”

他打定主意，再也不肯变出兵来。

大肚子塔拉斯也要求傻子伊凡再给他变些金币。

伊凡摇摇头，说：

“不，我再也不变了。”

“怎么，”塔拉斯说，“你不是答应过吗？”

“我答应过，”伊凡说，“可我再也不干了。”

“傻子，你究竟为什么不干了？”

“因为你的金币把米哈伊洛夫娜的奶牛夺走了。”

“怎么夺走了？”

“是这么夺走的。米哈伊洛夫娜原来有一头奶牛，孩子们都有牛奶吃，前几天她的孩子们来向我要牛奶。我就问他们：‘你们家的奶牛呢？’他们说：‘大肚子塔拉斯的总管走来，给了妈妈三个金币，妈妈把奶牛给了他，现在我们就没有牛奶吃了。’我原来以为你拿金币去玩玩，你却把孩子们的奶牛夺走。我再也不给你了！”

傻子坚持不给，两个哥哥只得走了。

两个哥哥边走边商量，怎样解决他们的难题。谢苗说：

“这么办吧。你给我钱养兵，我给你半个王国，再派一些兵去看守你的钱。”

塔拉斯同意了。两个哥哥互通有无，他们都当上了国王，都很富裕。

八

伊凡仍在家赡养父母，跟哑妹妹一起下地干活。

有一次，伊凡家的一条看门老狗病了。它一身疥癣，奄奄一息。伊凡很可怜它，问哑妹妹要了一点面包，放在帽子里，带出去扔给它吃。帽子破了，一根草根连同面包掉在地上。老狗把草根和面包一起吞了下去。它一吞下草根，立刻活蹦乱跳，摇动尾巴，汪汪直叫，病完全好了。

父母亲看见了，大为惊讶，问他：

“你拿什么把狗治好了？”

伊凡回答说：

“我有两根草根，能治百病，它吞了一根。”

当时正好公主生病，皇帝向全国城乡悬赏：谁能治好公主的病，谁就可获重赏，如果未婚，可娶公主为妻。悬赏告示也送到了伊凡的村子。

父母把伊凡叫到跟前，对他说：

“你知道皇上的悬赏吗？你说你有一棵草根，快去替公主治病。你这辈子就享福不尽了。”

“好吧。”伊凡说。

伊凡收拾好行装。家人把他打扮好了，他走到门口，看见一个女叫花子，她的手残废了。

“我听说你能治病，”那女叫花子说，“你替我治治这只手吧，我现在连鞋都不能穿。”

伊凡说：

“好吧！”

他拿出草根给了女叫花子，叫她吞下去。女叫花子吞下草根，病就好了，那只手立刻就能自由活动。父母亲出来送伊凡去见皇帝，听说伊凡把最后一根草根给了人，再没有东西好治公主的病，就骂他说：

“你可怜一个要饭的，就不可怜公主啦？”

伊凡也可怜起公主来。他套了一辆车，把麦秸扔到车上，坐上车要走。

“傻子，你上哪儿去啊？”

“去给公主治病。”

“你还能拿什么替她治啊？”

“不要紧。”他说着赶车走了。

他来到皇宫门口，刚踏上台阶，公主的病就好了。

皇帝非常高兴，把伊凡叫去，给他华丽的衣服，把他打扮得漂漂亮亮。

“你做我的驸马吧。”皇帝说。

“那好。”伊凡回答。

伊凡娶了公主。不久皇帝死了。伊凡当上皇帝，弟兄三个都成了皇帝。

九

三弟兄各过各的日子，各人统治各人的王国。

大哥军人谢苗日子过得很好。除了麦秸变的士兵外，他又征集了许多真正的兵。他下令全国每十户抽一名壮丁，壮丁都要体格魁梧，皮肤白净，五官端正。他征集了许多这种相貌堂堂的兵，加以训练。只要有人违抗他的旨意，他就立刻派兵去执行他的命令。大家都怕他。

他的日子过得很好。他想要什么，他看中什么，全都归他所有。他派兵去掠夺他要的一切东西。

大肚子塔拉斯的日子也过得很好。他不仅不动用伊凡送给他的钱，还大大发了财。他在他的王国里建立了良好的秩序。他把钱存在箱子里，再向老百姓抽捐收税。他收人头税、烧酒税、啤酒税、婚嫁税、丧葬税、通行税、车马税、草鞋税、包脚布税、鞋带税。他想要什么，就有什么。他有钱什么都能买到，也能雇人干活，因为人人都需要钱。

傻子伊凡过得也不错。他把岳父安葬好，就脱下皇袍，交给妻子藏在箱子里，仍旧穿上麻布衫裤和草鞋去干活。

“我闷得慌，”他说，“肚子越来越大，吃不下东西，睡不好觉。”

他把父母和哑妹接来，自己又干活去了。

人家对他说：

“你是皇帝啊！”

“那有什么，皇帝也得吃饭啊。”他回答。

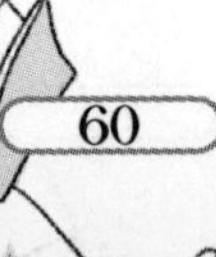

一个大臣走来禀报说。

“我们没有钱发俸禄了。”

“那有什么，没有钱就不发。”他说。

“没有俸禄他们不肯供职。”大臣说。

“那有什么，”伊凡说，“他们不供职可以腾出手来干活，让他们去运厩肥，厩肥积得太多了。”

有人来向伊凡告状。一个说：

“他偷了我的钱。” 伊凡却说：

“那有什么！这说明他需要钱用。”

大家知道了伊凡是个傻子。妻子就对他说：

“大家都说你是个傻子。”

“那有什么。”他说。

伊凡的妻子想啊想，想个不停，但她也是个傻子。

“我怎么能违抗丈夫呢？嫁鸡随鸡，嫁狗随狗嘛。”

她脱下皇后服，藏到箱子里，去向哑姑娘学干活。她学会了干活，就帮助丈夫。

聪明人纷纷离开伊凡的王国，只剩下一些傻子。大家都没有钱，靠劳动养活自己，也养活别的好人。

十

老魔鬼一直等着小鬼们的消息，想知道他们怎样使三弟兄破产，可是音信全无。他就亲自去了解。他找啊找的，哪儿也没有找着，只发现三个窟窿。他想：“显然他们都对付不了，我得亲自出马。”

他出去找寻，可是三弟兄已不在原地。他在三个王国里找到了他们。三人都当上皇帝，过得挺好。老魔鬼大为恼怒。

“哼，”他说，“我自己来办。”

他先到谢苗皇帝那里。他改变本来面目，变成一个将军去见谢苗。

“谢苗皇帝，听说你是一位大将，我对军事也很精通，愿意为你效劳。”

谢苗皇帝考问了他一番，看他为人聪明，就把他收下了。

新来的将军教谢苗皇帝怎样建立一支强大的军队。

“第一件事，”他说，“就是多招些兵，不然你国家里游手好闲的人太多。你得把所有的壮丁都抓来当兵，这样你的军队就会变成原来的五倍。第二件事，就是多造新的枪炮，我来给你造一种枪，一次能打一百发子弹，噼噼啪啪像爆豆子一样。我再给你造一种大炮，能够喷火。不论是人，是马，还是城墙，统统烧个精光。”

谢苗皇帝听从新来将军的话，把壮丁全都抓来当兵，又开办兵工厂，造出新的枪炮，然后去攻打邻国。对方军队一出来迎敌，谢苗皇帝就命令他的军队开枪打炮，对方立刻伤亡一半人马。邻国皇帝吓得向他投降，把国土都让给他。谢苗皇帝大喜。

“现在我要去打印度皇帝了。”他说。

印度皇帝听到谢苗皇帝的事，照搬他的一套，自己又想出种种新花样来。印度皇帝不仅抓壮丁，而且把单身妇女也抓去当兵。这样，他的军队就比谢苗皇帝更多。他还仿造谢苗皇帝的枪炮，又发明了能在天上飞的东西，从上面扔下炸弹来。

谢苗皇帝去攻打印度皇帝，以为又能像上次那样旗开得胜，不料却玩火自焚。印度皇帝不让谢苗的军队开火，就派婆娘们从空中向谢苗的军队扔炸弹。婆娘们向谢苗的军队扔炸弹，就像用硼砂打蟑螂一样，炸得他们四散逃跑，剩下谢苗皇帝孤家寡人。印度皇帝占领了谢苗的王国，谢苗逃之夭夭。

老魔鬼收拾了谢苗，就去找塔拉斯皇帝。他变成一个商人，定居塔拉斯王国，开了一座工厂，铸造钱币。商人出高价收买各种东西，大家都涌到他那里挣钱。老百姓的钱越来越多，他们付清了税款，从此按时纳税。

塔拉斯皇帝大喜。他想："真要谢谢那个商人，今后我将有更多的钱，日子会过得更好。"塔拉斯皇帝想出了许多新花样，要造一座新的皇宫。他晓谕百姓，给他运木料、石头来盖皇宫，答应出高价。塔拉斯皇帝以为老百姓一定会像以前那样涌来干活。可他一看，木料和石头都往商人那里运，工人都往他那里跑。塔拉斯皇帝提高价钱，商人就提得更高。塔拉斯皇帝很有钱，但商人更有钱，出的钱比皇帝更多。皇宫只得停建。塔拉斯皇帝又想修建花园。到了秋天，塔拉斯皇帝晓谕百姓，要大家来为他修建花园。结果没有人来，大家都给商人挖池塘去了。到了冬天，塔拉斯皇帝要买貂皮做新皮袄。他派大臣去买，大臣回来说：

"貂皮没有了，给商人买光了，他出高价把貂皮买去做地毯。"

塔拉斯皇帝要买马。他派大臣去买，大臣回来说，好马都被商人买去了，他用马运水灌池塘。皇帝一件事也办不成，谁也不给皇帝效劳，大家都去为商人干活，拿商人付的钱向皇帝纳税。

皇帝积聚的钱越来越多，多得没地方收藏，但他的日子却越过越差。皇帝不再出什么新主意，只求勉强过日子，但连这一点也办不到。他的处境每况愈下。厨子、车夫和仆人都离开他去给商人干活。他连饭都吃不上。他派人到市场买东西，那里什么也没有，都被商人收购了。大家只向皇帝缴纳税款。

塔拉斯皇帝大怒，把商人驱逐出境。商人居留在边界，继续那样干。大家为了钱还是把什么都卖给商人。皇帝山穷水尽，不进饮

食。还传说，商人吹嘘要把皇后也买过去。塔拉斯皇帝心惊胆战，不知如何是好。

军人谢苗来找他，对他说：

“帮帮我忙，印度皇帝把我打败了。”

但塔拉斯皇帝自顾不暇。

“我有两天没吃饭了。”他回答说。

十一

老魔鬼收拾了两个哥哥，就去找伊凡。他变成一个将军，来劝伊凡建立一支军队。他说：

“皇帝没有军队不能过日子。你只要下个命令，我就从你的百姓中募集军人，建立一支军队。”

伊凡听了他的话，说：

“那好，你去建立一支军队，教他们好好唱歌奏乐，我喜欢听歌。”

老魔鬼走遍伊凡的王国，招募士兵。他宣布，当兵的每人可得一升烧酒、一顶红帽。

傻子们都笑道：

“酒我们自己会酿造，可以任意喝，帽子婆娘会给我们做，什么式样都会，花帽子也行，毛边的也行。”

结果没有人愿意当兵。老魔鬼又来找伊凡，说：

“你那些傻子都不愿当兵，只好抓壮丁。”

“那好，你去把他们抓来。”伊凡说。

老魔鬼就发出通告，要傻子个个都来服兵役，谁不服从，谁就将被伊凡皇帝处死。

傻子们走来对将军说：

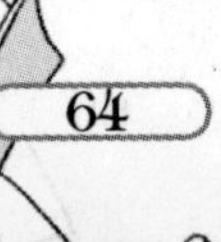

“你向我们宣布，不当兵，将被皇帝处死，但你没说当兵将会怎么样。听说，当兵会被人打死。”

“是的，免不了会被打死。”

傻子们听了这话，越发不肯当兵，说：

“我们不去，宁可在家里等死。反正人免不了一死。”

“傻子，你们真是傻子！”老魔鬼说，“当兵不一定会被打死，可是不当兵肯定会被伊凡皇帝处死。”

傻子们不知如何是好，就去问傻子伊凡皇帝：

“有位将军命令我们去当兵。他说：‘当兵不一定会被打死，可是不当兵肯定会被伊凡皇帝处死。’这话是真的吗？”

伊凡笑道：

“什么，我一个人怎能把你们都处死？我要不是傻子，一定会向你们说个明白，可是这事我自己也弄不明白。”

“那么我们就不去当兵了。”他们说。

“那好，你们就别当了。”伊凡说。

傻子们又去见将军，个个拒绝当兵。

老魔鬼看到他的阴谋没有得逞，就去巴结蟑螂王，说：

“让我们一起去征服伊凡皇帝。他没有钱，但有许多粮食、牲口和财宝。”

蟑螂王准备出征。他集合大军，备好枪炮，来到边界，侵入伊凡王国。

有人来向伊凡禀报：

“蟑螂王来攻打我们了。”

“没关系，”伊凡说，“让他来好了。”

蟑螂王带领大军越过边界，派先遣部队去侦察伊凡的军队。他们找啊找啊，没有找到军队。他们等啊等啊，心想伊凡的军队会

不会突然从什么地方冒出来。但哪儿也没听说有伊凡的军队，跟谁打仗啊？蟑螂王派兵占领村庄。好多士兵来到一个村庄，村里的傻子都出来看，感到很惊讶。士兵掠夺傻子们的粮食和牲口，傻子们让他们拿走，谁也不自卫。士兵来到另一个村庄，情况也是这样。士兵掠夺了一天又一天，情况都一样。傻子们什么都给，谁也不自卫，还叫士兵住下来。

“可怜的人，”他们说，“要是你们那里日子不好过，那就到我们这里来过吧。”

士兵走啊走啊，哪儿也没有看到军队，到处都只有老百姓，他们自给自足，还养活别人，不但不自卫，还请人住下。

士兵们感到无聊，对蟑螂王说：

“我们没法打仗，把我们调到别处去吧。打仗就要像打仗的样子，可是这里就像在切果子冻，我们没法在这里打仗。”

蟑螂王大怒，命令军队踏遍王国，糟蹋村庄，破坏房屋，焚烧粮食，杀光牲口。他说：

“谁不服从我的命令，格杀勿论。”

士兵害怕，就执行命令。他们烧毁房屋、粮食，宰杀牲口。傻子们还是不自卫，只是痛哭流涕。老头子哭，老婆子哭，小孩子也哭。

“你们干吗欺负我们？”他们说，“你们干吗糟蹋东西？你们如果要，拿去好了。”

士兵们感到不是滋味。他们不愿再干，军队就瓦解了。

十二

老魔鬼用兵打不垮伊凡，只得走开。

老魔鬼又变成一位衣冠楚楚的老爷，到伊凡王国定居。他想像

对付大肚子塔拉斯那样用金钱来打垮伊凡。他说：

“我是要你们好，教你们变得聪明智慧。我要在你们这儿盖房子，办企业。”

“那好，”伊凡说，“你住下吧。”

衣冠楚楚的老爷住了一夜，第二天一早就来到广场上，拿出一大袋金币和一张纸，说：

“你们过得像猪一样，我来教你们怎样生活。你们照这张图纸给我盖一座房子。你们干活，我指挥，以后我会付给你们金币的。”

他拿出金币给傻子们看。傻子们看了很惊讶，他们从来不用金币，他们物物交换，或者以工支付。他们看到金币大为惊奇，说：

“这玩意儿真不错。”

傻子们就拿物品和劳动去换取老爷的金币。老魔鬼就像在塔拉斯那里一样铸造金币。人们为了换取金币，把什么东西都拿出来，干什么活都愿意。老魔鬼大喜，心里想：“这下子我的事成了！现在我要叫傻子像塔拉斯那样破产。我要把他的肉体和灵魂统统买下来。”傻子们一弄到金币，就分给婆娘们去做项链，姑娘们拿去编在发辫里，孩子们拿到街上去玩。人人都有许多金币，他们就不再挣了。但衣冠楚楚的老爷还没有盖好一半房子，粮食和牲口也不够吃一年。老爷就通知傻子们去替他干活，供给他粮食和牲口，不论送去什么东西，不论干什么活，都可以得到许多金币。

可是没有人去干活，也没有人送东西去。只偶尔有一个男孩或一个女孩拿一个鸡蛋来换金币。老爷没有东西吃了。他肚子饿了，想到村里去买点东西吃。他闯进一户人家，想拿一枚金币买一只母鸡，可是女主人不肯。

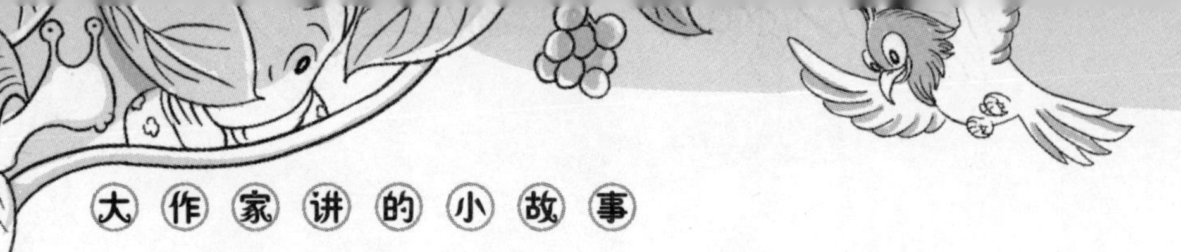

“我已有许多金币了。”她说。

他又到一个寡妇家，拿出一枚金币买鲱鱼。

“我不需要金币，”她说。“老爷，我没有孩子，没有人玩金币，我自己已经有三枚可以玩玩了。”

他又到一个农民家去买面包。农民也不要钱，说：

“我用不着钱。你要是奉基督的名要饭，那就等着，我叫老婆切一块面包给你。”

老魔鬼甚至吐了口唾沫跑了。别说奉基督的名要饭，就连这句话他都不要听，觉得比刀割还难受。

老魔鬼终究弄不到面包。人人都有了金币。不论老魔鬼走到哪里，谁也不愿拿出东西来换钱，都说：

“你拿别的东西来，或者来给我们干活，或者奉基督的名要饭。”

可是老魔鬼除了金钱什么也没有，他又不愿干活，更不肯奉基督的名要饭。他十分恼怒地说：

“我给你们钱都不行，你们还要什么？有了钱，你们什么东西都可以买，什么人都可以雇。”

傻子们不听他的话，说：

“不，我们不需要钱，我们没有账要付，没有税要纳，要钱做什么？”

老魔鬼只得饿着肚子躺下睡觉。

这事传到傻子伊凡耳朵里。大家走来问他：

“教我们怎么办。我们那儿来了一个衣冠楚楚的老爷，他爱吃好喝好，衣服要干干净净，不愿干活，不肯奉基督的名要饭，只拿金币给人。大伙没有金币时还给他些东西，可现在谁也不给了。我们拿他怎么办？可不能让他饿死啊！”

伊凡听了他们的话，说：

“那好，得养活他。让他像牧人那样一家家吃派饭吧。”

老魔鬼没有办法，只得挨家吃派饭。

轮到伊凡家了。老魔鬼来吃饭，伊凡的哑妹正在做饭。那些懒汉常欺骗她。他们没干完活，就提早来吃饭，把饭都吃光。哑姑娘想出一个办法，看手掌来识别懒汉，谁手上有老茧，让谁坐下吃饭；谁手上没有老茧，就让谁吃剩饭。老魔鬼钻到桌旁，哑姑娘就抓起他的手看了看，发现他的手干净光滑，还留着长指甲，但没有老茧。哑姑娘就咿咿呜呜地把老魔鬼从桌旁拉开。

伊凡的妻子对他说：

“老爷，别见怪，我家小姑不让手上没有老茧的人上桌。等大家吃饱了，你再吃剩下的吧。”

老魔鬼看到伊凡王国的人要拿猪食喂他，大为生气。

“你这王国里的法律真荒唐，”他说，“竟要大家用手干活。你们出的主意真傻。难道人家光靠一双手干活吗？你可知道聪明人是怎么干活的？”

伊凡回答说：

“我们傻子能知道什么呢？我们总是用双手和脊背干活。”

“这是因为你们都很傻，”老魔鬼说，“让我来教你们怎样用脑袋干活，到那时你们就会知道，用脑袋比用双手干活方便得多。”

伊凡感到很惊讶，说：

“哦，难怪人家都叫我们傻子！”

老魔鬼就说：

“不过用脑袋干活可不容易。你们不给我饭吃，因为我手上没有老茧，可你们不知道，用脑袋干活要困难一百倍。有时脑袋都会

裂开来。”

伊凡沉思了一会儿，说：

“可怜的人，你干吗这样折磨自己？脑袋裂开来好受吗？你还不如干点轻松活儿，用双手和脊背干。”

老魔鬼说：

“我折磨自己是因为我可怜你们这些傻子。我要是不折磨自己，你们就永远做傻子。我一向用脑袋干活，现在我可以教教你们了。”

伊凡感到很奇怪，说：

“教教我们吧，有时候手做得太累了，可以用脑袋替换一下。”

魔鬼答应教他们。

伊凡晓谕全国，有一位衣冠楚楚的老爷来教大家用脑袋干活，脑袋比手更会干活，大家都来学习。

伊凡王国里筑了一座高高的瞭望台，有一道梯子直达台顶。

伊凡把老爷带到台上，好让大家都能看见。

老爷站在台上，向大家讲话。傻子们都聚拢来看，以为老爷将在那里示范，怎样用脑袋代替手干活。没想到老魔鬼只是讲讲不干活怎样可以活命。

傻子们一点也不懂。他们望了好一阵就散开了，各人仍去干各人的活。

老魔鬼在高台上站了一天又一天，一直讲个不停。他肚子饿了，可是傻子们没想到要把面包给他送到高台上。他们想，既然他用脑袋干活比用手更灵活，他用脑袋挣点面包一定毫不费力。老魔鬼在高台上站了两天，一直讲个不停。人们走来望望他，又走开了。伊凡就问他们：

“怎么样，那位老爷是不是在用脑袋干活了？”

“还没有，”他们回答，“他还在唠叨。”

老魔鬼在高台上又站了一天，身体渐渐虚弱，脚下一晃，一头撞在柱子上。有个傻子看见了，就去告诉伊凡的妻子，伊凡的妻子又跑去告诉正在地里干活的丈夫。

“我们去看看，”她说，“听说那位老爷在用脑袋干活。”

伊凡感到惊讶。

“是吗？”他说。

他掉转马头，向高台跑去。他来到高台，老魔鬼已饿得有气无力，身子摇摇晃晃，脑袋不断撞在柱子上。伊凡刚走到台前，老魔鬼脚下一绊，倒了下来，头朝下从台阶上咚咚咚地一级级滚下来。

“哦，”伊凡说，“这位老爷说的倒是实话，有时脑袋是要裂开来的。这可不比老茧，这样干活脑袋上会起疙瘩的。”

老魔鬼滚到扶梯下，一头撞在地上。伊凡刚要走过去看看，他是不是干了很多活，地突然裂开，老魔鬼掉了进去，只剩下一个窟窿。伊凡搔搔后脑勺说：

“瞧你，真叫人恶心！这又是他！大概是那几个小鬼的爹，好厉害！”

伊凡一直活到现在，百姓全都来到他的王国，两个哥哥也来了，伊凡也养活他们。只要有人来说：

“养着我们吧！”

“那好，”他回答，“住下吧，我们这儿地大物博。”

不过，他的王国里有一个规矩：谁手上有老茧，就可以上桌吃饭；谁手上没有老茧，就只能吃点剩菜剩饭。

赏析与品读

托尔斯泰在这个民间故事中，讴歌诚实的劳动和节俭，嘲笑掠夺和贪婪。大哥军人谢苗，是靠武力征服掠夺的形象，二哥大肚子塔拉斯则成了贪婪的商人，而傻子伊凡，却毫无心计地答应两个哥哥的一切无理要求。老魔鬼非常生气人类的生活和睦，他派三个小鬼去捣乱。三个小鬼却都被执著勇敢的伊凡打败，最终伊凡当上了皇帝。

但他这个皇帝有点奇怪，要下地干活，不给大臣开工资，要吃饭就要自己干活去。结果“聪明人”都离开了他的国家，而留下的都是勤劳的农民，他创造了一个劳动者的乐园。最后两个因穷奢极欲而穷困潦倒的哥哥也回到伊凡的国土，而这个皇帝规定凭手上的老茧吃饭，不干活、手上没有老茧的只能吃剩饭剩菜。《傻子伊凡的故事》给掠夺贪婪安排了悲惨的下场，给勤劳善良以丰厚的馈赏，这也体现了俄罗斯民间文学的浪漫理想气息。

雇工叶密良和空大鼓

● *带着问题读一读，你会收获更多* ●

1. “皇帝一觉醒来，向窗外一望，看见对面矗立着一座大教堂。叶密良正走来走去，东敲一个钉子，西敲一个钉子。皇帝看见教堂很不高兴。”皇帝为什么看见教堂很不高兴？
2. 皇帝最后下令把叶密良的妻子交还给他时的心理活动是怎样的？

叶密良在一户人家当雇工。有一天，他走草地去上工，看见一只青蛙在前面跳，差一点被他踩死。他跨过青蛙，听见后面有人叫他。叶密良回头一看，后面站着一个美丽的姑娘。姑娘对他说：

“叶密良，你怎么不娶个媳妇？”

“好姑娘，我怎么能娶媳妇呢？我是个穷光蛋，一无所有，谁肯嫁给我？”

姑娘说：

“你就娶我吧！”

叶密良喜欢这姑娘，说：

“太好了，可是我们住到哪儿去呢？”

“这有什么好愁的！”姑娘说，“只要你多干活少睡觉，到哪儿都有吃有穿。”

“好吧，”叶密良说，“那我们就成亲。可是我们上哪儿去呢？”

姑娘说：

“我们进城去。”

叶密良带着姑娘进城。姑娘把他带到城郊的一间小屋，两人成了亲，就住下来。

有一天，皇帝出城，经过叶密良家，叶密良的妻子走到门外看皇帝。皇帝看见她，惊奇地问：“哪来这样的美人儿？”皇帝下令停车，把叶密良的妻子叫到跟前。

“你是什么人？”皇帝问。

“我是庄稼汉叶密良的妻子。”她回答。

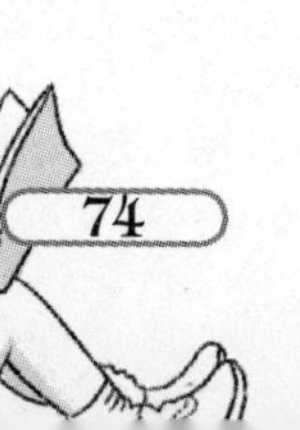

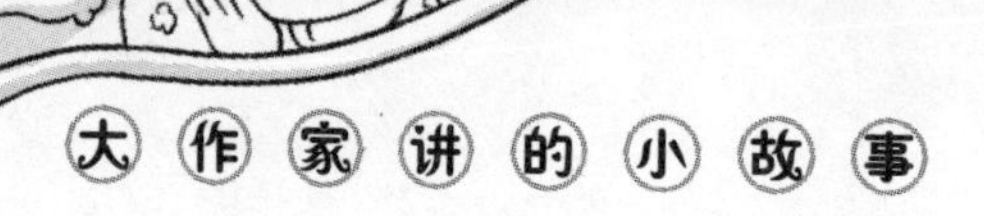

“像你这样的美人怎么嫁给了庄稼汉？你应该做皇后才是。”

“谢谢皇上的好意，”她说，“我嫁个庄稼汉也挺好。”

皇帝同她谈了一会儿继续上路。他回到宫里，总是忘不了叶密良的妻子。他通宵失眠，动足脑筋想把叶密良的妻子夺过来，但想不出一个办法。他召集臣仆，命令他们想办法。臣仆们对皇上说：

“陛下把叶密良召进宫来做工。我们拿重活把他累死，他的妻子就成了寡妇，到那时就可以把她弄进宫来。”

皇帝听从他们的话，召叶密良进宫做工，命他带妻子住到宫里。

钦差去对叶密良说了。叶密良的妻子就对丈夫说：

“好，你去吧！白天干活，晚上回家来。”

叶密良走了。他到了宫里，宫廷总管问他：

“你怎么一个人来，没带妻子？”

“我带她来干吗？她有家。”叶密良回答。

皇宫里派给叶密良双份重活。叶密良动手干，没指望能干完这活。但不到天黑，活已干完了。宫廷总管看见活都干完了，第二天派给他的活又加了一倍。

叶密良回到家里。家里一切都收拾得干干净净，炉子烧得很旺，饭菜也做好了。妻子坐在织布机前织布，等丈夫回来。丈夫一来，她就起来迎接，端出饭菜给他吃，问他活儿干得怎么样。

“唉，糟透了，”他说，“他们给我的活儿太重，存心要把我累死。”

“你啊，别想着活儿，”妻子说，“别瞻前顾后，看干了多少，还剩下多少。你只要干就是了。总归来得及的。”

叶密良躺下睡觉。第二天一早又去了。他干了起来，一次也没回头看。到傍晚活已干完了，不到天黑就回家休息。

臣仆们不断给叶密良的活加码，但叶密良总是到时完工回家。这样过了一星期。他们看到重活难不倒叶密良，就让他干细活。但这也难不倒他。不论让他干木匠活、泥瓦匠活，还是盖房顶，他都按时完工，回家睡觉。又过了一星期，皇帝把臣仆们召来，说：

“难道我是白白养着你们的吗？两个星期过去了，可没见你们干出什么名堂来。你们想拿重活把叶密良累死，可我天天看见他唱着歌儿回家。你们是不是想作弄我？”

臣仆们竭力辩解说：

“我们先是拼命拿重活折磨他，但对他毫无作用。他干什么活都像扫地一样轻松，一点也不累。后来我们就叫他干细活，以为他干不了，结果也难不倒他。真不知道怎么搞的！他样样都会，样样都行。看来不是他有魔法，就是他老婆有妖术。他弄得我们大伤脑筋。现在我们想出一件他干不了的活儿。我们要他在一天里盖一座大教堂。陛下把叶密良召来，命令他一天内在皇宫对面盖一座大教堂。如果他盖不成，就可以说他违抗圣旨，砍他的脑袋。”

皇帝派人召来叶密良，对他说：

“听好我的命令：你替我在皇宫对面广场上盖一座大教堂，明天傍晚前要完工。你盖好了，我奖赏你；盖不好，要你的脑袋。”

叶密良听完皇帝的话回家。他想：“唉，这下子我可完了。”回到家里对妻子说：

“喂，内当家的，快收拾收拾东西逃走，总不能白白等死。”

“怎么啦？”妻子说，“你怕什么？干吗要逃命？”

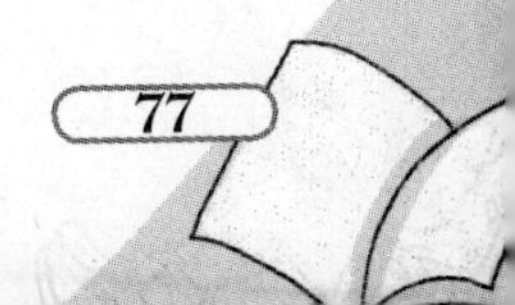

“唉，我怎么能不害怕呢？”叶密良说：“皇上命令我明天一天里要盖起一座大教堂。要是盖不成，就要我的脑袋。现在只有一条路，赶快逃走。”

妻子不同意他的话。

“皇帝的兵那么多，到哪儿都会被他们抓住的，你跑不了。趁现在还有力气，就得听从他。”

“这事我干不了，怎么听从呢？”

“唉……当家的！你别发愁，吃了饭躺下睡觉，明天早点起来，来得及的。”

叶密良躺下睡觉。第二天早上妻子把他唤醒。

“去吧，快去把教堂盖完。给你钉子和锤子，那儿给你留着一天的活儿。”

叶密良来到城里。一看，一座新教堂真的已矗立在广场中央。剩下的活儿不多，叶密良干到傍晚就全部完工了。

皇帝一觉醒来，向窗外一望，看见对面矗立着一座大教堂。叶密良正走来走去，东敲一个钉子，西敲一个钉子。皇帝看见教堂很不高兴，因为没有理由处死叶密良，不能夺取他的妻子。

皇帝又召集臣仆，对他们说：

“这差事叶密良也完成了，没有理由处死他。这差事对他还是太容易。得想出一件更难办的事来。要是想不出，我先把你们处死。”

臣仆们想出一个难题，要皇帝命令叶密良环绕皇宫开一条河，河上要有船行驶。皇帝召来叶密良，命令他完成这个新差事。

“既然你在一夜之间盖起了一座大教堂，你就能办成这件事。明天一定要按照我的命令办成这件事。完不成，我就砍你的脑

袋。”

叶密良更加忧虑了，愁眉不展地走到妻子跟前。

“你为什么事发愁啊，是不是皇上又给了你新的活儿？”妻子问。

叶密良把事情告诉了妻子，说：

“得逃走才行。”

妻子却说：

“到处都有兵，你逃不了的，只好服从命令。”

“怎么服从命令呢？”

“这样吧……”妻子说，“当家的，别发愁。你先把饭吃了，再去睡觉。明天早点起来，一切都会办好的。”

叶密良躺下睡觉。第二天一早妻子把他唤醒。

“你到皇宫那边去吧，”妻子说，“全弄好了。只是皇宫对面的码头上还剩下一个小土堆，你带把铁锹去把它铲平就是了。”

叶密良走到城里，看见皇宫周围有一条河，河上有几条轮船。他走到皇宫对面的码头上，看见有一处地方不平，就拿铁锹去铲。

皇帝一觉醒来，看见原来没有河的地方有了一条河，河上还有几条轮船，叶密良正在铲土堆。皇帝大吃一惊，心里很不高兴。他垂头丧气，因为不能处死叶密良。他想：“没有一种活儿能难倒他，叫我怎么办？”

皇帝召集臣仆，同他们一起商量。

“你们给我想一个难题，让叶密良做不到。要不，我们想一个他完成一个，我就无法把他的妻子弄到手。”

臣仆们想啊想啊，终于想出一个办法来。他们就去向皇帝禀报：

“陛下把叶密良召来，对他说：‘到你不知道往哪儿去的地方去，拿来你不知道是什么东西的东西。’这样，他就走投无路了。不论他往哪儿走，您都说他走的地方不对；不论他拿来什么东西，您都说他拿来的东西不对。这样，您就可以把他处死，把他的妻子夺过来。”

皇帝大喜，说：

“这回你们出了个好主意。”

皇帝派人把叶密良召来，对他说：

“到你不知道往哪儿去的地方去，拿来你不知道是什么东西的东西。要是不拿来，就砍你的脑袋。”

叶密良回家去把皇帝的话告诉妻子。妻子思考起来。

“这回他们教皇上的办法可厉害了，”妻子说，“得用心对付。”

妻子坐在那里左思右想，然后对丈夫说：

“你得到很远很远的地方去，去找我们很老很老的乡下老奶奶，也就是大兵的母亲，求她帮你的忙。拿到她给你的东西，直接到皇宫里来，我将在那里等待。这回我逃不出他们的手心了。他们会把我抢去，不过时间不会长。只要你什么都按老奶奶的吩咐办，很快就能把我救出来。”

妻子为丈夫收拾好行装，给他一个袋子和一个纺锤。

“你把这个交给老奶奶，她就知道你是我的丈夫了。”

妻子给他指明道路。叶密良走了，他出了城，看见士兵都在操练。他站在那里看了一会儿。士兵们操练完毕，坐下来休息。叶密良走过去问道：

“弟兄们，你们可知道，怎样去到你不知道往哪儿去的地方，拿来你不知道是什么东西的东西？”

士兵们听了都感到很纳闷，问道：

“是谁派给你这差事的？”

“是皇上。”叶密良说。

“自从当兵以来我们一直是往不知道往哪儿去的地方走，当然也就走不到，找寻不知道是什么东西的东西，当然也是找不到。我们没法帮你的忙。”

叶密良同士兵们一起坐了一会儿，继续上路。他走啊走啊，走进一座树林。树林里有一座小屋，小屋里坐着一个乡下老太婆，就是大兵的母亲。她坐在那里纺麻线，一边纺，一边流泪，她不用口水而用泪水蘸湿指头捻线。老太婆一看见叶密良，就大声问道：

“你来干什么？”

叶密良拿出纺锤给她，说是妻子叫他送来的。老太婆态度立刻温和下来，向他问长问短。叶密良把他的经历从头到尾讲了讲，讲到他怎样娶亲，怎样搬到城里居住，怎样当上宫廷仆役，怎样造教堂、开河道，河上还有轮船，现在皇上又命令他到不知道往哪儿去的地方去，拿来不知道是什么东西的东西。

老太婆听了他的话不再流泪，嘴里喃喃地说：

“看来时间到了。好吧，孩子，你坐下来吃点东西。”

叶密良吃完了，老太婆又对他说：

“给你这个线团，让它在前面滚，你跟着它走。你得走很远很远的路，一直走到海边。你走到海边，就会看见一座大城市。你进城去，到最靠边的一户人家过夜。在那儿找你需要的东西。”

“老奶奶，我怎么知道什么是我要的东西？”

“你只要看见一样东西，人家听从它超过听从爹妈的话，这就是你要找的东西。你拿着它去见皇上，皇上会说这不是他所要的东西。你就说：‘既然不对，那就把它砸碎吧！’然后你就敲打那东

西，再把它拿到河边，你把它敲碎了扔到河里。到那时就可以把妻子接回家，我也就不再流泪。”

叶密良告别了老奶奶，让线团向前滚，自己跟在后面。线团滚啊滚啊，一直把他领到大海边。海边有一座大城市。城市边上有一座高房子。叶密良要求主人让他住一夜，主人让他进去。他躺下睡觉。第二天一早醒来，他听见做父亲的已经起床，在叫醒儿子，要他去劈柴。儿子不听。

“还早呢，”儿子说，“来得及的。”

叶密良又听见做母亲的在炕上说：

“去吧，儿子，你爹骨头疼。总不能叫他去劈吧？该起来了。”

儿子咂咂嘴又睡着了。他刚睡着，街上忽然传来一阵响声，好像有什么东西爆炸了。儿子一跃而起，穿上衣服，跑到街上。叶密良也一跃而起，跟着他跑出去，看是什么东西在响，什么东西使儿子听从它超过听从爹妈的话。

叶密良跑到外面，看见一个人在街上走，肚子上挂着一个圆圆的东西，正用棒在上面敲打。这东西敲得咚咚直响，儿子听到的就是这声音。叶密良跑近去仔细观看，原来是个圆圆的木桶，两边绷着牛皮。他向人打听这东西叫什么。

“鼓。”人家回答说。

“它是空的吗？”

“空的。”人家回答。

叶密良感到奇怪，就向那人讨这东西。那人不给他。叶密良不再讨，只跟在鼓手后面走，走了整整一天。等鼓手躺下睡觉，叶密良拿起鼓就跑。他跑啊跑啊，一直跑回自己的家里。他想见妻子，可是妻子不在家，就在他出门的第二天，妻子就被带进皇

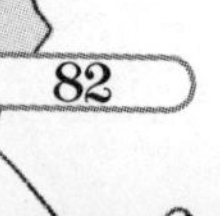

宫了。

叶密良来到皇宫，要人去向皇帝禀报，那个去到不知道往哪儿去的地方、拿来不知道是什么东西的东西的人来了。他们禀报了皇帝。皇帝命令叶密良明天再来。叶密良要求再次禀报，说：

“我今天带来了皇上要我去取的东西，请皇上出来接见，要不然我自己进去见他。” 皇帝出来，问：

“你去哪儿了？”

他说了一通。

皇帝说：“不是那个地方，那么你带来什么了？”

叶密良想拿给皇帝看，可是皇帝不看。“不是那个东西。”皇帝说。

“既然不是那个东西，”叶密良说，“就该把它敲碎，叫它见鬼去吧。”

叶密良带着鼓走出皇宫，敲起鼓来。他一敲鼓，皇帝的军队都集合到叶密良跟前来。他们向他敬礼，等候他下命令。皇帝从窗口对着他的军队吆喝，叫他们不要跟着叶密良走。但军队不听皇帝的话，都跟着叶密良走。皇帝看见这情景，只得下令把叶密良的妻子交还给他，并要求叶密良把鼓交出来。

“不行，”叶密良说，“我得遵命把它敲碎，把碎片扔进河里。”

叶密良背着鼓走到河边，全体士兵跟着他。到了河边，他把鼓砸碎，把碎片扔到河里，士兵纷纷逃散。叶密良就带着妻子回家。从此皇帝再也不找他麻烦，他同妻子一直平安过日子，逢凶化吉，幸福无边。

赏析与品读

民间故事反映苦难生活中农民的愿望和幻想，在无法实现愿望的现实中，幻想的力量给人们以安慰。在各国民间故事中，经常会出现贫苦的青年农民战胜皇帝（或别的有权有势的人），收获美好爱情和幸福生活的情节。

托尔斯泰的这篇故事，更是这种题材纯熟使用的典范。他给青年农民叶密良安排了一只青蛙，青蛙变成了漂亮姑娘。姑娘什么物质要求也没有，就嫁了叶密良。皇帝艳羡叶密良，要用重活巧活，累死难死他，然后夺走美丽的姑娘。可叶密良的妻子是有神力的，她帮叶密良完成了皇帝的所有任务，甚至是这样艰难的任务——“去到不知道往哪儿去的地方、拿来不知道是什么东西的东西”。最后，叶密良顺利地救回了妻子。读着这样的故事，多让人开心啊。

民间故事，故意地露出它的拙稚性，皇帝笨拙地安排活计要累死难死叶密良，青蛙姑娘只是用神力就轻而易举地破除了，它暗喻天地间有更大的力量，是可以轻松破除掉世俗社会里至高无上的权威——皇上的权力的。

穷　人

● *带着问题读一读，你会收获更多* ●

1. “让妮解下孩子们睡着的摇篮，用头巾把他们盖住，搬回家去。她的心跳得很厉害；她自己也不知道为什么要这样做，但她知道非这样做不可。”让妮为什么非这样做不可？
2. “渔夫皱起眉，他的脸变得严肃、忧虑。”渔夫的脸为什么变得严肃，他又在忧虑什么？

渔夫的妻子让妮坐在小屋的火炉旁补一张旧帆。屋外海风怒号，波涛拍岸，溅起一阵阵浪花……外面又黑又冷，海上暴风骤雨，但渔家小屋里却温暖而舒适。地扫得干干净净，炉子里的火还没熄灭，木架上的餐具闪闪发亮。在怒海的咆哮声中，床上睡着五个孩子，挂着帐子。渔夫一早驾着小船出海，还没回来。让妮听着波涛的咆哮和狂风的呼号，感到心惊胆战。

古老的木钟嘶哑地敲了十下，十一下……始终不见丈夫归来。让妮想着心事。丈夫不顾惜身体，冒着寒冷和风暴出海打渔。她从早到晚坐在家里干活。结果怎样呢？一家人只能勉强糊口。孩子们还是没鞋穿，不论冬夏都光着脚走路。连白面包都吃不上，大麦面包总算还吃得饱，但菜就只有鱼。“不过，赞美主，孩子们都身体健康，没什么可抱怨的，”让妮想，倾听着风暴的咆哮，“他现在在哪儿？主哇，你开开恩，保佑他，救救他！”她一面说，一面画十字。

睡觉还早。让妮站起来，包上一块厚头巾，点亮风灯，走到街上，看看海是不是平静些，天是不是亮了，灯塔上的灯有没有熄灭，丈夫的小船能不能望见。但海面上什么也看不见。风吹掉她的头巾，卷着什么刮断的东西敲打着邻居小屋的门。让妮想起她傍晚就想去探望害病的女邻居。“也没有人照顾她。”让妮想着，敲了敲门。她侧着耳朵听……没有人答应。

“做寡妇真苦啊！”让妮站在门口想，“虽说孩子不多，只有两个，可全靠她一个人张罗。如今又加上病！唉，做寡妇真苦啊！让我进去瞧瞧。”

让妮一再敲门，可是没有人答应。

“喂，邻居！”让妮叫道，“莫不是出什么事了？”她想着，推开门。

小屋里又潮湿又寒冷。让妮举起风灯，想看看病人在什么地

方，首先映入她眼帘的是对着门放着的一张床，床上仰天躺着女邻居。她一动不动，没有声音，只有死人才是这副模样。让妮把风灯举得更近一些。不错，是她。她的头往后仰着，冰冷发青的脸上现出死的安详。一只苍白僵硬的手从干草上挂下来，仿佛要去抓什么东西。就在这死去的母亲旁边，睡着两个鬈发、胖腮的小男孩，他们身上盖着旧衣服，蜷缩着身子，两个浅黄头发的小脑袋紧紧地靠在一起。显然，母亲临死时还拿旧头巾盖住他们的小脚，又把自己的衣服盖在他们身上。他们的呼吸均匀而平静，他们睡得很香很甜。

让妮解下孩子们睡着的摇篮，用头巾把他们盖住，搬回家去。她的心跳得很厉害，她自己也不知道为什么要这样做，但她知道非这样做不可。

回到家里，她把这两个熟睡的孩子放在床上，让他们同自己的孩子睡在一起，又连忙拉拢帐子。她脸色苍白，神情激动，她忐忑不安地想："他会说什么呢？……"她自言自语："这可不是闹着玩的。自己有五个孩子，已够他受的了……是他回来了？……不，为什么把他们抱过来！……他会揍我的！那也活该，我自作自受。哦，他来了！不！……嗯，揍我一顿倒好些！"

门吱嘎一声，仿佛有人进来。让妮一惊，从椅子上站起来。

"不，没有人！主哇，我为什么要这样做！……如今叫我怎么对他说呢？……"让妮沉思起来，久久地坐在床前。

雨停了，天亮了，但风仍在呼啸，海仍在咆哮。

门突然开了，一股清新的海风冲进屋子，魁梧黧黑的渔夫拖着湿淋淋的破网走进来说：

"我回来了，让妮！"

"哦，你回来了！"让妮说着站住，不敢抬起眼睛看他。

"嗐，这样的夜晚！真可怕！"

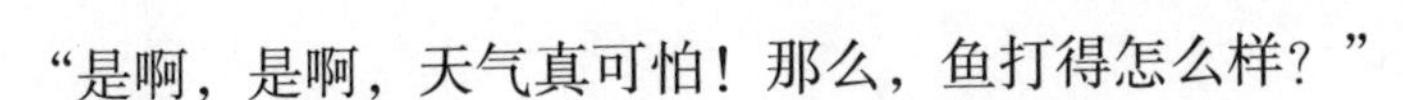

“是啊，是啊，天气真可怕！那么，鱼打得怎么样？”

“糟糕，真糟糕！什么也没打到，还把网给撕破了。倒霉，倒霉！……这天气可真该死！我记不起几时有过这样的夜晚了，哪里还谈得上什么打渔！赞美主，总算活着回来了……那么，我不在，你在家里做些什么呢？”

渔夫说着，把网拖进屋里，在炉子旁边坐下。

“我吗？”让妮脸色发白，说，“我没做什么……缝缝补补……风吼得这么凶，真叫人害怕。我可替你担心呢！”

“是吧，是啊，”丈夫喃喃地说，“这天气真是活见鬼！可是你有什么办法呢！”

两人沉默了一阵。

“你知道吗？”让妮说，“邻居西蒙死了。”

“是吗？”

“我也不知道她什么时候死的，大概是昨天。哦，她死得好惨哪！她为孩子一定心疼死了！两个孩子那么小！……一个还不会说话，另一个刚会爬……”让妮没再做声。

渔夫皱起眉，他的脸变得严肃、忧虑。

“嗯，是个问题！”他搔搔后脑勺说，“嗯，你看怎么办！得把他们抱过来，同死人待在一起怎么行？哦，我们总能熬过去的！快去！”

但让妮坐着一动不动。

“你怎么啦？不愿意吗？你怎么啦，让妮？”

“你瞧，他们就在这里呀。”让妮说着撩起帐子。

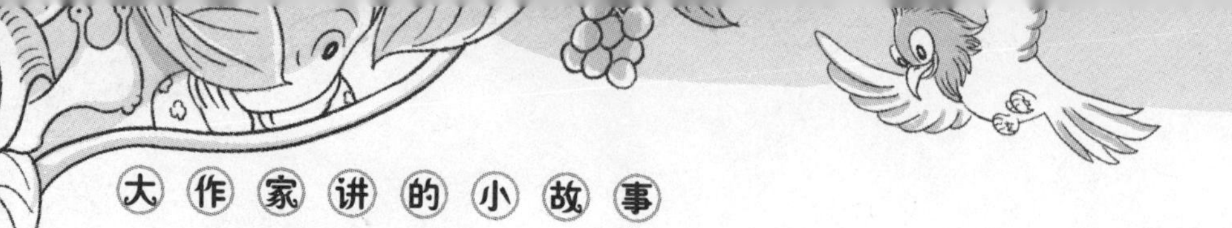

赏析与品读

《穷人》写穷人的善良。那样的渔家之夜，真让人充满担忧：渔妇让妮守着五个熟睡的孩子，外面又黑又冷，海风怒吼，丈夫还在海上没有回来。她提着风灯去海边看丈夫，路过寡妇的房子。那寡妇就是海上遇难渔民的妻子的缩影，独守着两个孩子，“当寡妇真是不容易”。进屋以后，让妮看到了可怕的情形，寡妇死了，身边有两个浅黄头发的小脑袋挤在一起。

面对贫穷和担当，夫妻做了同样的选择——生活纵然艰辛，但不能见死不救。小说中劳动人民的善良和对生命的敬畏，读来令人感动。

这个极短篇，文字不多，人物情绪上也没有太大的反应，但让妮毫不犹豫地抱起了两个孩子，她不知为什么要这样做，但她必须这样做，这平静中对生命的关注，是股强大的力量，读完小说，会令人感到这太短的小说，实在是容纳了天大的容量。

瓦罐阿廖沙

● 带着问题读一读，你会收获更多 ●

1. “谢肉节那天，老头儿到城里来领工钱。商人妻子知道阿廖沙想娶乌斯金尼雅，很不高兴。”商人的妻子为什么不高兴？阿廖沙的父亲又是如何做的？
2. 阿廖沙在临死之前“不知对什么事一直感到困惑”。他在困惑什么？

阿廖沙是家里最小的孩子，大家都叫他“瓦罐”。因为有一天母亲派他给助祭妻子送一罐牛奶，他绊了一跤，把瓦罐打碎了。母亲把他打了一顿，孩子们就此戏称他“瓦罐”。“瓦罐阿廖沙”这个绰号就这样落到他头上。

阿廖沙是个瘦小子，生着一对招风耳（耳朵大得像一对翅膀），大鼻子。孩子们取笑他：“阿廖沙的鼻子好像土岗上的公狗。”乡下有一所学校，但阿廖沙读不进去书，也没工夫读书。大哥在城里商人家做用人。阿廖沙从小帮父亲干活，六岁跟姐姐一起牧羊放牛；再大一点，就日夜看守马群；十二岁起就耕地运货。他没有力气，但动作倒挺麻利。他总是快快活活。孩子们嘲弄他，他不吭声，或者只笑笑。遇到父亲骂他，他也不吭声，只是听着。人家一骂完，他又笑嘻嘻地动手干活。

阿廖沙十九岁那年，他哥哥被拉去当兵。父亲就把阿廖沙带到商人家接替哥哥当用人。哥哥的旧靴子、父亲的帽子和紧身棉袄都给了阿廖沙，他被带到城里。阿廖沙穿这衣服高兴极了，商人却不喜欢他的模样。

“我还以为你带个像样的人来顶替谢苗呐，”商人打量了一下阿廖沙说，“你却给我弄来个拖鼻涕的娃娃。他能干什么？”

“他干什么都行，套车也好，驾马也好，干起来可有劲了。他就是样子长得难看，力气倒是挺大的。”

“好吧，让我瞧瞧。”

“他最大的长处是听话，干起活来叫人眼红。”

“该拿你怎么办呢？留下吧。”

阿廖沙就这样在商人家住下来。

商人家人口不多：老板娘；老母亲；大儿子已结婚，受过普通教育，跟着父亲做买卖；另一个儿子很有学问，中学毕业，念过大学，但后来被学校开除，住在家里；还有一个女儿在念中学。

开头大家都不喜欢阿廖沙，因为他是个大老粗，衣着又差，又不懂礼貌，不论对谁说话都用“你”，但不久大家就习惯了。他做事比哥哥更勤快。他确实很听话，不论派他做什么他总是高高兴兴，做了一件又一件，从来不休息。在商人家里，就同在自己家里一样，什么活都落到阿廖沙身上。他干得越多，落到他身上的活儿也越多。老板娘、老板的母亲、老板的女儿、老板的儿子、账房、厨娘，大家都把他差到东，差到西，一会儿叫他干这，一会儿叫他干那。只听得一片叫声：“喂，老弟，你去一下！”或者：“阿廖沙，这事你干一下。——你怎么了，阿廖沙，忘记啦？注意，可别忘了，阿廖沙！”于是阿廖沙就东奔西跑，干这干那，什么也没忘记，什么都及时做好，而且总是笑嘻嘻的。

哥哥的靴子不久就被他穿破了。老板为了他穿破靴子露出脚趾而骂他，叫人到市场上给他买一双新的来。靴子崭新，阿廖沙很喜欢，可是他的脚还是原来那双脚，路跑得一多，到晚上就作痛，他很生气。阿廖沙担心，父亲来领他的工钱时，商人把靴子钱从工钱中扣掉，父亲会不高兴。

冬天，阿廖沙总是天不亮就起床，劈柴，打扫院子，给牛马送料、饮水，然后生炉子，给东家擦靴子、刷衣服、烧茶炊、擦茶炊。接着不是账房叫他去运货，就是厨娘吩咐他去揉面、擦锅子。然后，他被差到城里，一会儿送信，一会儿送东家女儿上学，一会儿给老太婆买橄榄油。“你跑到哪儿去啦，死鬼！”一会儿这个骂他，一会儿那个咒他。“您何必亲自去呢，叫阿廖沙跑一趟吧。阿廖沙！喂，阿廖沙！”阿廖沙就应声跑去。

阿廖沙在路上吃早点，午饭也难得同大家一起吃。厨娘骂他不同大家一起吃，但还是怜悯他，午饭晚饭都给他留点热菜。每

逢过节，活儿特别多。阿廖沙也喜欢过节，特别是因为每逢过节，大家都给他一点“茶钱”，虽然钱很少，合起来只有五六十戈比，但到底是他自己的钱，他可以随意花用。工资他根本没见过。父亲一来，就从商人手里领走工资。他只责备阿廖沙怎么这样快就把靴子穿破。

他积满两个卢布“茶钱”，听从厨娘的话，买了一件红绒线上装。他穿在身上，乐得合不拢嘴。

阿廖沙话很少，说起来总是很急。人家吩咐他做什么，或者问他能不能做那件事，他总是毫不犹豫地回答：“这个行！”说着立刻动手去做。

祈祷文他一点也不会背。母亲教他的，他全忘了，但还是早晚都做祷告：他用手祷告，画十字。

阿廖沙就这样过了一年半。第二年下半年发生了他一生中最不平凡的事。这就是，他惊异地知道，人与人之间除了相互需要之外，还有一种非常特殊的关系：不是擦擦靴子，送送货物，或者套套马车，而是莫名其妙地需要另一个人，需要另一个人的照顾，另一个人的爱抚。现在他阿廖沙就有这样的需要。经过厨娘介绍，他认识了乌斯金尼雅。乌斯金尼雅是个孤女，年纪很轻，同阿廖沙一样是个用人。她开始疼爱阿廖沙，阿廖沙也第一次感觉到，她需要的不是他的伺候，而是他这个人。母亲疼他，他觉得这是理所当然的，就像他自己疼自己一样。如今忽然发现，乌斯金尼雅虽不是亲人，但也疼他。给他在罐子里留一点油炒饭。他吃东西的时候，她把下巴搁在衣袖卷起的胳膊上瞧着他。他对她也看了一眼，她就笑，他也笑起来。

这事是那么新鲜，那么古怪，开始阿廖沙感到害怕。他觉得这事会妨碍他，使他不能像原来那样干活。可他还是很高兴。他看看乌斯金尼雅给他补过的裤子，摇摇头笑了。他常常在干活或者走路的时候想到乌斯金尼雅，并且说：“乌斯金尼雅真不错！”乌斯金尼雅一有机会就帮助他，他也帮助她。她把自己的身世讲给他听，她怎样成为孤儿，姨妈怎样收容她，把她送到城里，商人的儿子怎样纠缠她，她怎样骂他。她爱说话，他也高兴听她说。他听说城里常有这样的事：当用人的农民娶厨娘做老婆。有一次她问，他父母是不是快要给他成亲了。他说不知道，他不愿在乡下娶媳妇。

“那么，你看中谁啦？”她问。

“我倒是想娶你呢，行不行？”

“瞧你的，瓦罐啊瓦罐，说得可真调皮，”她拿手巾往他背上打了一下说，“怎么不行啊？”

谢肉节那天，老头儿到城里来领工钱。商人妻子知道阿廖沙想娶乌斯金尼雅，很不高兴。“她一怀孕，将来有了孩子还有什么用？”她对丈夫说。

老板给了阿廖沙父亲工钱。

“怎么样，我的孩子在这里干得怎么样？”老农民问，“我说过，他很听话。”

“听话是听话，可是头脑糊涂了。他想娶厨房里那个丫头，可我不能收留结过婚的人。这事在我们这儿不行。”

“傻瓜，傻瓜，怎么想出这样的傻主意来，”做父亲的说，“你不用担心。我会叫他丢掉这个傻念头。”

父亲来到厨房里，坐在桌子旁等儿子回来。阿廖沙跑出去办事，过了一会儿气喘吁吁地回来了。

“我还以为你很懂事。可你想出什么花样来啦？”父亲说。

“我又没想什么。”

“怎么没想什么！你想讨老婆。等到了时候，我会给你娶的，娶一个合适的，可不能娶城里的婊子。”

父亲说了一大通。阿廖沙站着听，叹着气。等父亲说完，阿廖沙微微笑了笑。

“好吧，这事可以不谈。”

“这就对了。”

等父亲一走，他同乌斯金尼雅两个留下来，他对她说（父亲同儿子谈话的时候，她站在门外偷听）：

“咱俩的事不行了，没成功。你听见啦？老头子生气了，不同意。”

她默默地用围裙捂着脸哭起来。

阿廖沙舌头嗒地弹了一下。

“怎么能不听啊！看来只好不谈啦。”

傍晚，老板娘叫他关护窗板的时候对他说：

“怎么样，听了父亲的话，把你的傻念头丢掉啦？”

“看样子丢掉啦！”阿廖沙说，笑笑，接着又立刻哭起来。

从此以后阿廖沙不再同乌斯金尼雅谈结婚的事，像原来那样过日子。

后来，账房派他上屋顶铲雪。他爬到屋顶上，把整个屋顶都铲干净，又动手铲掉水溜子旁冻住的积雪，可是两脚一滑，连同铲子一起掉下来。倒霉的是他没掉在地上，而掉在盖着铁皮的大门口。乌斯金尼雅跑到他跟前，东家女儿也跑了过来。

“摔坏啦，阿廖沙？”

“哪里会摔坏。没事。”

他想爬起来，可是爬不起来，只是笑笑。他被抬到下房。医生来了，给他做了检查，问他什么地方疼。

“浑身上下都疼，可是没关系，只是老板要生气了。得给我爹送个信。”

阿廖沙躺了两天两夜，第三天他们派人去请神父。

“怎么，难道你要死了？”乌斯金尼雅问。

“要不又怎么样？难道能一直活下去吗？总有一天要死的！”阿廖沙像平时一样急急地说，“谢谢你疼了我，乌斯金尼雅。喃，幸亏他们不让结婚，要不就糟了。如今可没事啦！”

他跟着神父用手和心做了祷告。他心里觉得活在这个世界上很快活。既然他听话又不得罪人，那么到那个世界去也会很快活的。

他话说得很少，只是要求喝水，不知对什么事一直感到困惑。

他不知对什么事感到困惑，终于两脚一伸死了。

赏析与品读

在《瓦罐阿廖沙》中，托尔斯泰用貌似轻松的口吻，写了底层下人无论爱情或死亡，都无人关注、重视的命运。阿廖沙是个进城打工的农民，当他的青春意识朦胧觉醒，在女佣人乌斯金尼雅身上刚刚嗅到爱情味道的时候，便招致雇主和家长的反对。雇主家只要劳动力，而阿廖沙的爹，也是要阿廖沙进城挣钱，至于结婚，当爹的以后会为儿子考虑的。阿廖沙只得掐灭了刚燃烧起的爱情火花，却突然在铲雪的时候从房顶掉下，摔死了。死前，阿廖沙还觉得幸运，幸亏没有结婚，要不然坑了乌斯金尼雅。但是，他“不知对什么事一直感到困惑” 。在这里，作者委婉地提醒读者对底层人民命运的关注，他们的幸福与否没人关注，生老

病死都听天由命。

阿廖沙逆来顺受的性格也是其悲剧命运的一个原因。他听从一切支使，他刚意识到爱情，就说：“我倒是想娶你呢，行不行？”可遭到父亲的反对，他又说：“好吧，这事可以不谈。”老板娘检查，落实他对感情放下没有，他笑笑说：“看样子丢掉啦！”然后又哭了起来。死前，阿廖沙像平时一样急急地说，“谢谢你疼了我，乌斯金尼雅。嗬，幸亏他们不让结婚，要不就糟了。如今可没事啦!”作者用不动声色的话语，透露出生活的残酷性，以及雇工劳苦中的麻木性，令读者看着心痛。

孩子的力量

● *带着问题读一读，你会收获更多* ●

1. “俘虏已听见孩子的声音，也听见人家对他说的话。他的脸色越发阴沉了。”这个俘虏的脸色为何越发阴沉了？他此时的心理活动是怎样的？
2. 在本文中，“孩子的力量”指的是什么？

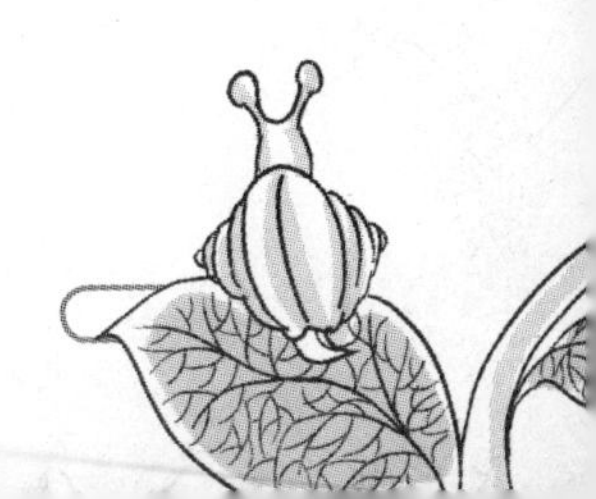

“打死他！……枪毙他！……把这个坏蛋立刻枪毙！……打死他！……割断凶手的喉咙！……打死他，打死他！”人群大声叫嚷，有男人，有女人。

一大群人押着一个被捆绑的人在街上走着。这个人身材高大，腰板挺直，步伐坚定，高高地昂起头。他那漂亮刚毅的脸上现出对周围人群蔑视和憎恨的神色。

这是一个在人民反对政府的战争中站在政府一边的人。他被抓获，现在押去处决。

“有什么办法呢！力量并不总在我们一边。有什么办法呢？现在是他们的天下。死就死吧，看来只能这样了。”他想，耸耸肩膀，对人群不断的叫嚷报以冷冷的一笑。

“他是警察，今天早晨还向我们开过枪！”人群嚷道。

但人群并没有停下来，仍押着他往前走。来到那条横着遇难者——昨天在军警的枪口下——尸体的街上时，人群狂怒了。

“不要拖延时间！就在这儿枪毙那无赖，还把他押到哪儿去？”人群嚷道。

被俘的人阴沉着脸，只是把头昂得更高。他憎恨群众似乎超过群众对他的憎恨。

“把所有的人统统打死！打死密探！打死皇帝！打死神父！打死这些坏蛋！打死，立刻打死！”妇女们尖声叫道。

但领头的人决定把他押到广场上去，在那里处决他。

离广场已经不远，在一片肃静中，从人群后面传来一个孩子的哭叫声。

“爸爸！爸爸！”一个六岁的男孩边哭边叫，推开人群往俘虏那边挤去，“爸爸！他们要把你怎么样？等一等，等一等，把我也带去，带去！……”

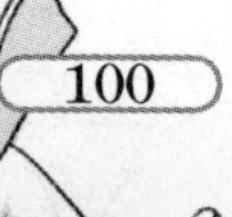

孩子旁边的人群停止了叫喊，他们仿佛受到强大的冲击，人群分开来，让孩子往父亲那边挤去。

“瞧这孩子多可爱啊！”一个女人说。

“你要找谁呀？”另一个女人向男孩俯下身去，问。

“我要爸爸！放我到爸爸那儿去！”男孩尖声回答。

“你几岁啊，孩子？”

“你们想把爸爸怎么样？”男孩问。

“回家去，孩子，回到妈妈那儿去。”一个男人对孩子说。

俘虏已听见孩子的声音，也听见人家对他说的话。他的脸色越发阴沉了。

“他没有母亲！”他对那个叫孩子去找母亲的人说。

男孩在人群里一直往前挤，挤到父亲身边，爬到他手上去。

人群一直在叫着：“打死他！吊死他！枪毙坏蛋！”

“你干吗从家里跑出来？”父亲对孩子说。

“他们要拿你怎么样？”孩子问。

“你这么办。”父亲说。

“什么？”

“你认识卡秋莎吗？”

“那个邻居阿姨吗？怎么不认识？”

“好吧，你先到她那儿去，待在那里。我……我就来。”

“你不去，我也不去。”男孩说着哭起来。

“你为什么不去？”

“他们会打你的。”

“不会，他们不会的，他们就是这样。”

俘虏放下男孩，走到人群中那个发号施令的人跟前。

“听我说，”他说，“你们要打死我，不论怎样都行，也不论

在什么地方，但就是不要当着他的面，”他指指男孩，“你们放开我两分钟，抓住我的一只手，我就对他说，我跟您一起溜达溜达，您是我的朋友，这样他就会走了。到那时……到那时你们要怎么打死我，就怎么打死我。”

领头的人同意了。

然后俘虏又抱起孩子说：

“乖孩子，到卡秋莎阿姨那儿去。”

“你呢？”

“你瞧，我同这位朋友一起溜达溜达，我们再溜达一会儿，你先去，我就来。你去吧，乖孩子。”

男孩盯住父亲，头一会儿转向这边，一会儿转向那边，接着思索起来。

“去吧，好孩子，我就来。”

“你一定来吗？”

男孩听从父亲的话。一个女人把他从人群里带出去。

等孩子看不见了，俘虏说：

“现在我准备好了，你们打死我吧。”

这时候发生了一件完全意想不到和难以理解的事。在所有这些一时变得残酷、对人充满仇恨的人身上，同一个神灵觉醒了。一个女人说：

“我说，把他放了吧。”

“上帝保佑，”又一个人说，“放了他。”

“放了他，放了他！”人群叫喊起来。

那个骄傲而冷酷的人刚才还在憎恨群众，竟双手蒙住脸放声大哭起来。他是个有罪的人，但从人群里跑出去，却没有人拦住他。

赏析与品读

雨果说，在绝对正确的革命之上，还有一个绝对正确的人道主义。托尔斯泰在小说《孩子的力量》里，写两股互相憎恶的力量，在父子相爱的人性力量感动下，各自忏悔自己的暴力行为，结束了革命暴行的实施。两股力量，一是反政府战争的人民，一是早晨还向人民开过枪的政府警察。大家把警察押向广场，要处决他。他坚定，憎恶激情的民众，仍然没有认识到自己的反动。可这时，他的儿子跑来呼喊他，儿子并没有母亲。警察心软了，请求民众领导者，让他牵儿子两分钟的手，把儿子平静地打发走，然后愿意接受一切惩罚。革命暴力人性的一面，在这时显现。警察打发走儿子，平静地表示接受“你们打死我吧”时，这些革命中一时变得残酷、对人充满仇恨的人身上，同一个神灵觉醒了，有妇女高叫放了他。而他听到民众这宽谅，也不再憎恨民众，蒙面大哭，他跑了。

在仇恨的背景下，警察并不觉得他是错的。当他看到民众表现出来的善良，才反思自己的残酷。这是这篇小说的感情扭转点。

因果报应

带着问题读一读，你会收获更多

1. “富商不惯于受人指摘，他觉得和尚说这些话虽出于善心，但不无讽刺的意味，他就吩咐奴仆立刻继续上路。”富商为什么认为和尚说的话不无讽刺的意味，富商是怎么想的呢？

2. 你是如何理解“害人必害己，助人即助己”这句话的？

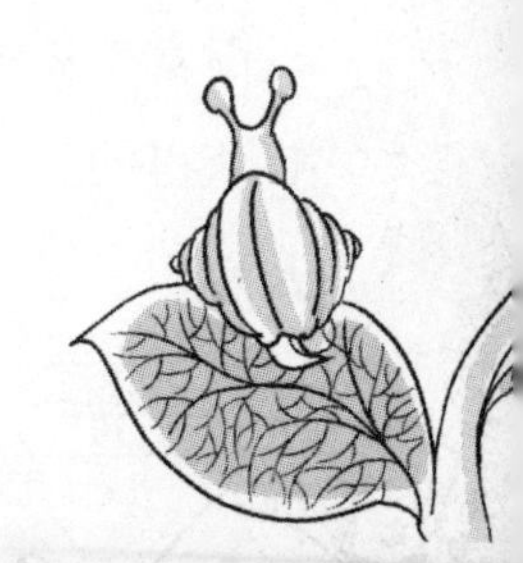

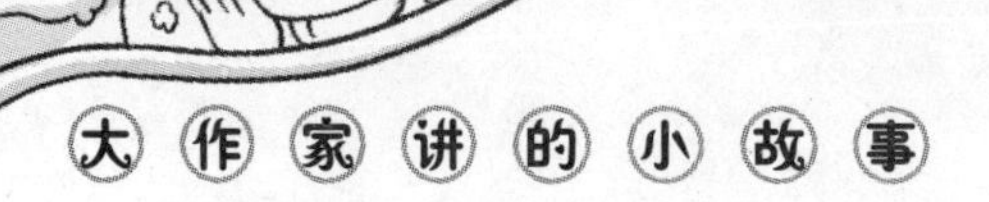

寄上我从美国《公审》杂志上翻译过来的一个佛教故事，题目叫《因果报应》。我很喜欢这个故事的朴实和深刻。其中特别精彩的是阐明近来常从各方面淡化的真理：避祸得福只能靠自己努力，没有也不可能有一种办法，能不依靠个人努力而获得自己的和众人的福。这个阐释特别精彩，因为它还在表明，个人的福只有和众人的福一致才是真正的福。一个强盗一出地狱，就只求个人的福，结果他的福就不再是福，他落空了。这个故事从新的角度说明基督教所揭示的两个基本真理：只有摒弃个人才有生命——谁消灭本性，谁就得到生命；人只有同上帝合二为一，并通过上帝彼此合二为一，才有幸福。“正如你父在我里面，我在你里面，使他们也在我们里面……”（《约翰福音》第十七章第二十一节）

我把这个故事念给孩子们听，他们都很喜欢。自从我念了这个故事之后，大孩子们常常谈论最重大的生命问题。我觉得介绍这个故事是很好的。

又及：此信可发表。

列夫·托尔斯泰

富有的婆罗门珠宝商班都带着他的奴仆乘车去贝拿勒斯。中途赶上一个模样可敬的和尚，那和尚跟他顺路。他暗自想：“这个和尚看上去很高尚、神圣。同好人交往会带来幸福。要是他也去贝拿勒斯，我就请他上我的车一起前往。”他鞠了一躬，问和尚到哪儿去。他一知道这个叫拿拉达的和尚也去贝拿勒斯，就请他上车。

“感谢您的慈悲，”和尚对婆罗门说，“长途跋涉可把我累坏了。我没有财产，不能用钱财报答您，但也许我能用知识这种精神财富偿还您，那是我遵循人类导师、慈悲的大佛释迦牟尼的教义而获得的。”

他们一起乘车上路。一路上班都津津有味地听着拿拉达富有教益的谈话。他们走了一小时，来到一个地方，那里的道路两边都被雨水冲坏，有一辆地主的大车轮子断了，横在路上。

大车主人德瓦拉要到贝拿勒斯去卖米，他要赶在第二天天亮以前到达。他要是去晚了，买主可能已采购到他们所需数量的米，离城走了。

珠宝商看到，要是不把地主的大车推开，他就不能继续赶路。他气冲冲地吩咐他的奴仆马加杜塔把大车推到一边，好让马车过去。地主不同意这样做，因为他的大车靠近悬崖，一推就可能摔个粉碎，但婆罗门不听地主的话，还是吩咐他的奴仆把装米的大车推开。马加杜塔是个力大无穷的人，觉得欺负人很有趣。他听从主人吩咐，和尚出来劝阻，就把大车扔在一边。当班都乘车要继续赶路时，和尚跳下马车，说：

“先生，我在这儿离开您，请您原谅。感谢您大发慈悲让我搭您的车走了一小时。刚才您让我上车的时候，我实在累坏了，但多蒙您照应，我现在休息好了。我认出这地主就是您一位祖先的化身，我没有其他更好的办法来报答您的善心，只能在他的不幸遭遇中给他一点帮助。”

“您说，这个地主是我一位祖先的化身，这是不可能的。”

“我知道，”和尚回答，“您不知道您同这位地主复杂而重要的关系。但要一个瞎子能看见，这是不可能的，所以我感到惋惜，您在自己伤害自己。我将尽力保护您，使您不致自己伤害自己。”

富商不惯于受人指摘，他觉得和尚说这些话虽出于善心，但不无讽刺的意味，他就吩咐奴仆立刻继续上路。

和尚同德瓦拉地主打了个招呼，帮助他修理大车，并收拾撒在地上的大米。事情进行得很顺利。德瓦拉想：

“这个和尚准是个圣人，仿佛有看不见的神灵在帮助他。我要问问他，为什么我要受那个傲慢的婆罗门的侮辱？”

于是他说：“尊敬的师父！您能不能告诉我，为什么我要受那个人的不公正对待？我可从没对他做过什么坏事啊。”

和尚说：

“亲爱的朋友！您受不了不公正的对待，但您在今生所受的就是您在前世对那个婆罗门所做的。我可以肯定说，您要是处在那个婆罗门的地位，并且有这样一个身强力壮的奴仆，您也会这样对待他的。”

地主承认说，如果他有权力，他对挡住他去路的人也会像婆罗门那样对待他，并且不会感到后悔。

大米被收拾到大车上，和尚同地主已快到贝拿勒斯，这时马突然向路边奔去。

“蛇！蛇！”地主叫道。

和尚定睛瞧了瞧使马受惊的东西，跳下大车，看出这是一满袋金子。

“除了有钱的珠宝商，谁也不可能丢失这样一袋金子。”他想了想，捡起钱袋，交给地主，说：

“拿好这个钱袋，等您抵达贝拿勒斯，就去我给您指定的旅馆，打听到婆罗门班都，把钱袋交还给他。他会为自己的粗暴行为向您道歉的，但您要对他说您原谅了他，并祝他万事如意，因为，您可以相信我，他的成就越大，对您也越有利。您的命运在许多方面都决定于他的命运。如果班都要您解释，那就让他到庙里来，他在那里总能找到我。如果他需要，我会给他劝告的。”

这时，班都已来到贝拿勒斯，遇到了他做生意的朋友马尔梅卡。马尔梅卡是个有钱的银行家。

"我完了，"马尔梅卡说，"我毫无办法，如果今天我不能为御厨房买到一车最好的大米。在贝拿勒斯有一个跟我作对的银行家，他知道我同宫廷约定今天早晨要提供一车大米。他要毁了我，就把贝拿勒斯所有的大米都收购去了。宫廷不会让我毁约的，要是黑间[1]不派天使下凡，我明天就完了。"

当马尔梅卡诉说自己的不幸时，班都正在寻找他的钱袋。他搜遍马车没有找到，就怀疑他的奴仆马加杜塔。他叫来警察，指控是马加杜塔所偷，吩咐警察把他捆起来，严刑逼他招供。奴仆忍受着痛苦，嚷道：

"我没有罪，你们放开我！我受不了这样的折磨！我在这方面完全没有罪，我是在代人受过！哦，我真想向那个地主赔礼道歉，我是为了主人才虐待他的！我受到这样的惩罚准是因为我的残酷。"

当地主乘车来到旅馆，把钱袋交还班都时，警察还在鞭打那个奴仆，这使众人大吃一惊。于是奴仆立刻从折磨他的人手里获得了解放，但他对自己的主人不满，就离开他逃走，加入了山上的一伙强盗。马尔梅卡听说地主有适于做御膳的大米出售，就以三倍的价钱买了整整一车大米。而班都因金子失而复得心里高兴，立刻赶到庙里，想听取和尚答应对他的解释。

拿拉达说：

"我本来可以向你解释，但知道您不能领悟教义，我宁愿保持沉默。不过我对您有一个总的劝告：您对待您遇到的每一个人，要像对待自己那样；您要为他服务，就像您希望人家为您服务那样。这样，您播下善行的种子，就不会得不到丰收。"

"和尚啊！请您先给我解释解释，"班都说，"好让我更好地

---

① 印度教毗湿奴神的第八个化身。

遵循您的劝告。”

和尚就说：

“听好，我给您打开秘密的钥匙。您要是还不明白这秘密，那就请您相信我的话；把自己看成一个个人，这是一种谬误。谁把自己的智慧用来执行这个个人的意志，谁就会追随错误而被引到罪孽的深渊。如果我们认为自己是个个人，那都是因为玛娅[1]的盖布蒙住我们的眼睛，使我们看不见跟我们亲人的关系，妨碍我们跟其他人心灵的联结。很少人知道这个真理。让下面的话成为您的护身符吧：

“害人就是害己。

助人就是对自己行善。

不把自己看做个人就是走上真理之路。

对于眼睛被玛娅的盖布蒙住的人，整个世界似乎被分割成无数个个人。这样的人就不能理解对一切生命的博爱。”

班都回答说：

“尊敬的师父，您的话具有深刻的意义，我会记住的。我去贝拿勒斯的时候，为可怜的和尚做了一件微不足道的善事，后果竟会这样好。我非常感激您，因为，要是没有您，我不仅会失去我的钱包，而且不可能在贝拿勒斯做成那几笔使我大大发财的生意。除此以外，您的关怀和运到的一车大米帮了我的朋友马尔梅卡的大忙。要是人人都知道您的道理，我们的世界就会好得多，灾祸也会少得多，公共福利就会大大提高！我希望佛的道理能为人人所理解，因此我想在我的家乡科尔桑比修一座庙，请您光临，使我能把这个地方献给佛门子弟。”

过了几年，班都所修建的科尔桑比庙成为高僧云集的地方，也是著名的人民教育中心。

---

① 印度教中的女神，万物之母。

这时候，邻国皇帝听说班都加工的宝石非常美丽，就派他的司库去定制一顶镶满印度最珍贵宝石的纯金皇冠。

班都结束这一工作后就到京城去，想去那里做买卖，随身带了大量金子。运送他的金银财宝的车队由武装保镖押送，但当他到达山上时，以马加杜塔为首的匪帮袭击了他，打死了保镖，把所有的宝石和金子都抢走了。班都本人好容易逃脱。这次劫难使班都的财产受到极大损失，他的财富大大减少。

班都很伤心，但他对自己的灾难没有怨言。他想："我蒙受这损失是由于我前世作了孽。我年轻时虐待平民，现在尝到自己恶行的苦果，我可不能抱怨。"

他待一切人都比以前善良得多，因此遭受的不幸只使他的心地更加纯洁。

又过了几年。出了一件事：青年和尚潘塔卡，也是拿拉达的弟子，行经科尔桑比山，落在匪帮手里。他没有任何财物，因此匪帮头子就狠狠打了他一顿，把他放了。

第二天早晨，他穿过树林，听见搏斗的声音，就向这声音走去。他看见许多强盗正在疯狂地攻击他们的头子马加杜塔。

马加杜塔好像一头被群狗包围的狮子，自卫反击，打死了许多攻击他的强盗。但终于寡不敌众，遍体鳞伤，倒在地上不省人事。

等匪帮一走，年轻的和尚走近负伤倒在地上的人，想帮助他们。但负伤的强盗都已死了，只有他们的头儿还有一口气。和尚立刻走到附近泉水旁，用水罐打了点清洁的泉水给垂死的人喝。

马加杜塔睁开眼睛，咬牙切齿地说：

"那些忘恩负义的家伙都到哪儿去了？多少次我带领他们取得胜利和成功。没有我，他们很快就会灭亡，就像被猎人捕获的狼那样。"

"别再想您的伙伴和跟您一起犯罪的人了，"潘塔卡说，"得

想想您的灵魂，利用最后的机会来救您自己。喂，给您水喝，我来替您裹伤。也许我能救您一命。”

“没有用，”马加杜塔回答，“我已没有救了，那些无赖把我往死里打。那些忘恩负义的小人！他们用我教给他们的方法打我。”

“您这是自作自受，”和尚继续说，“您要是教您的伙伴行善，您也会从他们那里得到善报。但您教他们杀人，所以您就是用他们的手要了自己的命。”

“您说得对，”强盗头子回答说，“我是罪有应得，但我的命真苦，来世我还将吞食自己罪孽的苦果。法师，请您教教我，怎样才能减轻我这罪孽深重的生命，这些罪孽像岩石一般压住我的胸口。”

潘塔卡说：

“彻底根除您的罪恶欲望，消灭邪恶的激情，使您的心灵充满对万物的善。”

强盗头子说：

“我作了许多恶，没有行过善。我怎样才能挣脱我用邪恶的欲望织成的悲伤的罗网？我的因果报应把我引向地狱，我永远不能走上得救的道路。”

和尚说：

“是的，因果报应将使您在来世自食其果。对于作恶的人，恶行的后果是无法避免的。但您不要失望，人人都可以得救，不过有一个条件：他必须根除心中的疑惑。作为例子，我可以给您讲讲大强盗康达塔的故事。这个强盗死不悔改，后来转世成为地狱里的恶鬼，他在那里为自己的罪行受尽磨难。他在地狱里待了许多年，一直不能摆脱困境。后来，佛降临地面，佛光普照。在这值得纪念的时刻，一道光照进地狱，唤醒众恶鬼，给了他们生命和希望。强盗康达塔大声叫道：‘哦，至尊的佛，可怜可怜我吧！我痛苦极了。尽管我作过恶，但现在我要改邪归正。可是我不能挣脱悲伤的罗网，佛啊，救救我，可怜可怜我吧！’因果报应的规律是，恶有恶报。

“佛听了地狱里受苦的恶鬼的请求，派蜘蛛到他那里去。蜘蛛对恶鬼说：‘抓住我的蛛网，顺着它从地狱里爬出来。’等蜘蛛一消失，康达塔就抓住蛛网，循着它爬出来。蛛网很结实，没有断，他循着它越爬越高。他忽然感到蛛丝摇晃起来，因为其他受苦的鬼魂也都跟他循着蛛网往上爬。康达塔害怕了，他看到蛛丝很细，由于重量不断增加而拉长。但蛛网还是能承受。这以前康达塔眼睛一直往上望，现在他一往下望，看见地狱里无数居住者都跟在他后面循着蛛丝爬。‘这么细的蛛丝怎么能承受这么多人的重量？’他想着感到害怕，就大声叫道，‘放开蛛网，它是我的！’蛛网突然断了，康达塔又跌回地狱。康达塔仍旧心存疑惑。他不知道真诚走正道的志向具有奇妙的力量。这个志向很细，像蛛丝一样，但它能拯救千百万人，而且爬的人越多，每个人的重量也就越轻。但只要人心里产生一个念头，认为蛛网是我的，公正的幸福只属我一个人，谁也不要想来同我分享，那么，蛛丝就会断裂，你就会落回到原来孤独的境地。个人该受诅咒，团结应受祝福。什么是地狱？地狱不是别的，它是自尊心，而涅槃就是共生……”

“让我抓住蛛网，”当和尚结束他的故事时，垂死的强盗头子马加杜塔说，“我就能爬出地狱的深渊。”

马加杜塔沉默了几分钟，静心思索，然后继续说：

“听我说，我向您坦白。我原是科尔桑比珠宝商班都的奴仆。但他不公正地虐待我，我就从他那里逃出来，做了强盗头子。前不

久我听我的探子说，他正穿过山岭走来，我就抢劫他，夺下了他的大部分财产。请您现在去对他说，我真心原谅他以前对我的虐待、对我的侮辱，请他也原谅我抢劫了他。当我住在他那里时，他的心像石头一样残酷，我还从他那儿学来了自尊心。我听说他如今变得和善了，人家还把他当做善良和公正的榜样，我不愿欠他的债，因此请您对他说，我保存着他替皇帝制作的金皇冠，我还把他的全部金银财宝藏在地窖里。只有两个强盗知道那个地方，如今他们两个都已死了。让班都随身带几个武装人员到那里，去取回我抢走的财富。”

然后马加杜塔讲了地窖在什么地方，讲完就死在潘塔卡的怀里。

青年和尚潘塔卡一回到科尔桑比，就到珠宝商那里去，告诉他树林里发生的事情。

班都就带着武装人员去到那个地窖，取出强盗头子藏在那里的全部金银财宝。他们厚葬了强盗头子和他那些被打死的伙伴。潘塔卡在坟墓上宣讲了佛法，说了下面的话：

“恶有恶报。

“人不作恶，人就纯洁。

“纯洁和不纯洁都是本人的事，因为谁也不能使别人纯洁。

“人应该自己努力；佛只是说教者。”

“我们的因果报应不是湿婆或者梵王或者印特喇或者其他的神造成的，”潘塔卡和尚又说，“我们的因果报应是我们行为的结果。

“我的行为是孕育我的母体，是我得到的遗产，是对我罪行的诅咒和对我公正的祝福。我的行为是我得救的唯一手段。”

班都带了自己的全部金银财宝回到科尔桑比，适当地享用意外收回的财富，幸福地安度余年。他临死的时候（当时他已高龄），

他的子孙都聚集在他身边。他对他们说：

“我的孩子们，在遭到挫折的时候不要责怪别人，要从自己身上找寻灾祸的原因。如果你们没有被虚荣心弄瞎眼睛，你们准能找到它，而一旦找到它，你们就能避免罪恶。治疗你们不幸的药就在你们身上。永远别让玛娅的盖布蒙住你们智慧的目光……请记住成为我一生护身符的话：

“害人必害己。

“助人即助己。

“一旦消灭欺诈，您就走上公正之路。”

托尔斯泰借《因果报应》中一连串的佛教故事，讲善恶的因果轮回，这种圈套圈的故事方式，古典民间作品里多有出现。它的主题非常简单，就是善有善报，恶有恶报。

实际上简单善恶观，不足以反映历史的真实发展过程，但是在民众心中，仍然非常愿意相信善恶因果的报应，用来安慰心灵。那个奴仆马加杜塔，是我们要关注的一个人物。他出身低微，凭力气帮主人欺负人。可他也遭到主人的怀疑，被逼走向反叛的道路，成了绿林大盗。他率领的仇恨力量，孕育着仇恨的种子，最后他的下属发动对他的攻击，他死了。孕育仇恨，可能一时得势，但最后会把仇恨引向自己，我们要以史为鉴。

在人类文明已成理智控制战争的今天，人们更愿意善良在世界上蔓延，人们需要被关怀，也需要关怀别人，互助的社会风气让人们的关系友善美好。

袭 击

——一个志愿军的故事

● *带着问题读一读，你会收获更多* ●

1. “准尉任听他检查，但他对这位快乐的医生，眼光里却含着惊奇和责备。这一点医生没有注意到。”这个准尉在惊奇什么，又在责备什么？
2. 准尉负伤后，大尉“那一向冷漠的脸上也露出真挚的怜悯”。此时他的心理活动是怎样的？

一

七月十二日，赫洛波夫大尉佩着肩章，带着马刀（我来到高加索以后还没见过他这样装束），走进我那座泥屋子的矮门。

“我是直接从上校那儿来的，”他用这话来回答我疑问的目光，“我们营明天要开拔了。”

“到哪儿去？”我问。

“到某地去。部队奉命到那里集结。”

“到了那里是不是还有什么行动？”

“可能有的。”

“向哪方面行动？您有什么想法？”

“有什么想法？让我把知道的情况告诉您吧。昨天晚上有个鞑靼人骑马送来将军的命令，要我们的营随身带两天干粮出发。至于上哪儿去，去干什么，去多久——那些事啊，老弟，谁也没问：命令你去，去就是了。”

“不过，要是只带两天干粮，那也不会待很久的。”

“哦，那倒不一定……”

“这怎么会？”我摸不着头脑了。

“这有什么稀奇！上次去达尔果，带了一星期干粮，结果待了差不多一个月！”

“我跟你们一块儿去行吗？”我停了一下问。

“要去也行，可我劝您最好还是别去。您何必冒这个险呢？”

“不。对不起，我不能听您的忠告。我在这儿待了整整一个月，就是希望有个机会亲眼看看打仗，您却要我放弃这个机会。”

“哦，那您就去吧。不过，依我看，您还是留在这儿的好。您不妨打打猎，在这儿等我们，我们去我们的。这样挺不错！”他的语气那么具有说服力，以致开头一会儿我也觉得这样确实挺不错，可我还是坚决表示不愿留在这地方。

“您去那边有什么可看的？”大尉继续说服我，“您是不是想知道仗有哪些个打法？那您可以读一读米哈依洛夫斯基·达尼列夫斯基[①]的《战争素描》。这是本好书：什么军团摆在什么地位，仗怎样打法，里面都写得详详细细。”

“不，那些事我可不感兴趣。”我回答说。

“那么，什么事您感兴趣呢？您是不是光想看看人怎样杀人？……对了，1832年那年，这儿也来过一个不在役的人，大概是个西班牙人吧。他披着一件蓝色斗篷，跟着我们参加了两场战役……这好汉到头来还是送了命。老弟，在这儿谁也不会把您放在眼里的。”

大尉这样误解我的动机，虽然使我感到委屈，我却不想分辩。

“他怎么样，勇敢吗？”我问。

“只有天知道：他老是骑马跑在前头，哪儿交锋，他就赶到哪儿。”

“这样说来，他挺勇敢啰？”我说。

“不，人家不要你去，你却去凑热闹，这算不得勇敢……”

“那么，依您说，怎样才算勇敢呢？”

“勇敢吗？勇敢吗？”大尉重复说，现出困惑的神色，似乎第一次遇到这样的问题。“该怎样行动，就怎样行动，这就是勇敢。”他想了想说。

我记得柏拉图给勇敢下的定义是：“知道什么应该害怕和什么

---

① 米哈依洛夫斯基·达尼列夫斯基（1790—1848），俄国军事史家。1812年抗法战争中任库图佐夫的副官。著有《1813年行军笔记》《1814年进军法国素描》《1812年卫国战争素描》等作品。

不应该害怕。”大尉的定义虽然笼统，不够明确，他们两人的基本观点倒并不像字面上那样分歧，甚至可以说，大尉的定义比那位希腊哲学家的定义更加准确，因为大尉要是能像柏拉图那样善于表达自己的意思，他准会这样说：“该怕的怕，不该怕的不怕，这就是勇敢。”

我很想把我的想法告诉大尉。

我就说：“我认为，每逢危险关头，人人都得做一番选择：出于责任感的选择，就是勇敢；出于卑劣感情的选择，就是怯懦。因此，一个人出于虚荣、好奇或者贪婪而去冒生命的危险，不能算勇敢；反过来，一个人出于正当的家庭责任感或者某种信仰而避开危险，不能算怯懦。”

我说这话的时候，大尉脸上露出一种古怪的神气瞧着我。

“哦，那我可没办法向您证明了，”他一边装烟斗，一边说，“我们这儿有个士官生，挺喜欢发表高论。您可以去跟他谈谈。他还会作诗呢。”

我是在高加索认识大尉的，但还在俄罗斯本土就知道他这个人了。他的母亲玛丽雅·伊凡诺夫娜·赫洛波娃是个小地主。她家离我家庄园只有两里[①]地。我在动身来高加索之前曾去访问她。老太太听说我将见到她的小巴维尔（她就这样称呼头发花白、上了年纪的大尉），可以把她的生活情况告诉他（好像“一封活的信”），还可以替她带一小包东西去，高兴极了。她请我吃了美味的大馅饼和熏鹅之后，走进卧室，拿出一只用黑丝带吊着的黑色护身大香袋来。

“喏，这是庇护我们的火烧不坏的荆棘[②]的圣母像，”她说着

① 此处指俄里，1俄里等于1.06千米，下同。

② 据《旧约全书·出埃及记》第三章，耶和华的使者在火烧不坏的荆棘中向摩西显现。

画了一个十字，吻吻圣母像，这才把它放在我的手里，“先生，麻烦您带去给他。您瞧，那年他去高加索，我做过祷告，还许了愿：他要是平安无事，我就订这个圣母像给他。哦，十八年来圣母和圣徒们一直保佑他：他没有负过一次伤，可是什么样的仗他没有打过呀！……听听那个跟他一块儿出去的米哈依洛所讲的情景，可真把人吓得汗毛都竖起来。说实话，他那些事我都是从别人嘴里听来的。我这个宝贝儿子，自己写信从来不提打仗的事，他怕把我吓坏。”

（到了高加索之后，我才知道，大尉负过四次重伤，但也不是从他本人嘴里知道的，他也确实从没把负伤、打仗那些事告诉过他母亲）

“让他把这圣像挂在身上吧，”她继续说，“我拿这圣像为他祝福。但愿至高无上的圣母保佑他！特别在上阵打仗的时候，您叫他一定得挂上。亲爱的先生，您就对他说：是你母亲叮嘱的。”

我答应一定完成她的委托。

“我相信您准会喜欢他的，会喜欢我的小巴维尔的，”老妇人继续说，“这孩子心眼儿实在好！说实话，他没有一年不寄钱给我，对安娜——我的女儿，也帮了不少忙。可他这些钱全是从自己的饷银里节省下来的！我一辈子都要感谢上帝，因为他赐给我这样一个好孩子。”她含着眼泪把话说完。

“他常常有信给您吗？”我问。

“难得有，先生，大约一年一封，只有寄钱来的时候写几句，平时是不写的。他说：‘妈妈，要是我没写信给您，那就是说我平安无事；万一有什么意外，他们也会写信给您的。’”

当我把母亲的礼物交给大尉时（在我的屋子里），他问我要了一张纸，仔细把它包好，收藏起来。我把他母亲的生活情况详详细

细告诉他，他不做声。等我讲完了，他走到屋角里，不知怎的在那里装了好半天烟斗。

“是的，她老人家实在好，”大尉在屋角里说，声音有点喑哑，“不知道老天爷是不是还能让我再见她一面。”

从这两句简单的话里流露出无限热爱和伤感。

“您干吗要到这里来服务呢？”我问。

“一个人总得做点事啊，”他十分肯定地回答，“何况对我们穷哥儿们来说，双薪也很有点儿用处。”

大尉生活俭朴：不打牌，难得大吃大喝，抽的是便宜烟草（不知怎的他把它称为“家乡土烟”）。我早就喜欢大尉了：他的脸也像一般俄罗斯人那样朴实文静，看上去使人觉得舒服。而在这次谈话以后，我更对他产生了衷心的敬意。

二

第二天早晨四点钟，大尉来邀我一起出发。他身上穿着一件没有肩章的破旧上衣、一条列兹金人的宽大长裤，头上戴着一顶鬈曲发黄的白羊皮帽，肩上挂着一把蹩脚的亚洲式军刀。他骑的小白马垂下头，慢慢地遛着蹄，不停地摆动瘦小的尾巴。这位善良的大尉，外表并不威武，也不漂亮，可是他面对周围的一切那样镇定沉着，使人不由得对他肃然起敬。

我一分钟也不让他等待，就骑上马跟他出了要塞大门。

队伍在我们前面大约四百米外的地方，望过去黑压压的一大片，连绵不断，微微波动。显然，这是步兵，因为可以望见他们的刺刀，密密麻麻的好像一排排长针，偶尔还可以听到士兵们的歌声、鼓声以及六连里优美的男高音与和声——他们的合唱在要塞里就常常使我神往。道路穿过一道又深又宽的峡谷，旁边有一条小河，河水这时正在泛滥。野鸽子成群地在河上盘旋，一会儿落在石岸上，一会儿在空中急急地兜了几圈，又飞得无影无踪。太阳还看不见，峡谷右边的峰巅却已被照得金光闪亮。灰蒙蒙的和白花花的岩石，露珠滚滚的滨枣、山茱萸和叶榆，在灿烂的旭日照耀下显得层次清晰，轮廓分明。但峡谷左边和浓雾翻腾的谷地，却又潮湿又阴暗，而且色彩缤纷，难以捉摸：有淡紫，有浅黑，有墨绿，也有乳白。就在我们前面，白雪皑皑的群山，浮雕似的耸立在蔚蓝的地平线上，山岭的投影和轮廓古怪离奇，每一个细部又都十分瑰丽动人。蟋蟀、蜻蜓和其他成千上万种昆虫，在高高的草丛里苏醒过来，它们一刻不停的清脆叫声，充塞四野，仿佛有无数微小的铃铛在我们的耳边鸣响。空气中充满流水、青草和雾霭的味儿。总之，这是一个可爱的初夏的清晨。大尉打着火，抽起烟斗来，那家乡土烟和火绒的味道，我觉得特别好闻。

我们离开大道抄近路，想快点赶上步兵。大尉显得比平时更加心事重重，嘴里一直衔着他那只达格斯坦烟斗，每走一步都用脚跟碰碰胯下的马。这马左右摇晃，在又湿又高的野草上留下一行依稀可辨的暗绿色脚印。在马的脚下忽然发出一阵啼声和扑翼声（这种声音会叫一个猎人心花怒放），一只野鸡窜出来，慢悠悠地向上空飞去。大尉却不去理它。

当我们快追上大队的时候，后面传来一阵急促的马蹄声，接着就有一个穿军官制服、戴白羊皮高帽的英俊青年从我们身边飞驰而过。他经过我们身边时，微微一笑，向大尉点点头，挥了挥鞭子……我只来得及看见他拉着缰绳坐在马上的洒脱姿势，还有他那双漂亮的黑眼睛、挺拔的鼻子和刚刚长出来的小胡子。我特别喜欢的是，当他发觉我们在欣赏他时，就情不自禁地微笑起来。单凭这笑容就可以断定，他还十分年轻。

“他这是往哪儿跑哇？”大尉露出不满的神气嘟囔着，并没取下嘴里的烟斗。

“这是谁？”我问他。

“阿拉宁准尉，我连里的副官……上个月刚从中等武备学校派来的。”

“他这是头一次上阵吧？”我问。

“是啊，所以这样兴奋！”大尉一边回答，一边若有所思地摇摇头，“年纪还轻呢！”

“怎么能不高兴呢？我明白，对一个年轻军官来说，头一次上阵总是挺有趣的。”

大尉沉默了有两分钟的样子。

“我说嘛，年纪还轻呢！”他声音低沉地继续说，“还什么也没见到，有什么可高兴的！多经历几次，就不会这样高兴了。假定说，我们这儿现在有二十个军官，到头来总会有人牺牲或者负伤的。这是肯定的。今天轮到我，明天轮到他，后天又轮到另外一个，这又有什么可高兴的呢？”

三

灿烂的太阳刚从山后升起，照亮我们所走的山谷，波浪般的浓雾就消散了，天也热了。士兵们扛着枪，捎着口袋，循着灰沙飞扬的大路前进，队伍里偶尔传出乌克兰话和笑声。几个穿直领白军服的老兵（大部分是军士），嘴里含着烟斗，在大路旁边一面走，一面庄重地谈话。三匹马拉的大车，装得沉甸甸的，慢吞吞地前进，把浓密的尘埃扬得直悬在空中。军官们骑马走在前头，有几个在马上显本领：他们把马鞭打得连跳三四下，然后陡地掉转马头停下来。另外有几个兴致勃勃地听歌手们唱歌，尽管天气又热又闷，歌手们却一曲又一曲地唱个不停。

步兵前面两百米外的地方，有个高大漂亮的军官，一副亚洲人打扮，骑着一匹大白马，跟几个骑马的鞑靼人走在一起。他是团里有名的不顾死活的好汉，并且在任何人面前都敢直言不讳。他穿着镶金边的紧身黑上衣，配上同样的裹腿，崭新的镶金边平底软鞋，黄色的契尔克斯外套[①]和帽顶向后倒的羊皮高帽。他胸前和背上束着几条银色带子，带子上挂着一个火药瓶和一支手枪，腰带上另外插着一支手枪和一把银柄短剑。此外，腰里还佩着一把插在镶金红皮鞘里的军刀，肩上还挂着一支装在黑套子里的步枪。从他的服装、举动和骑马姿势上都可以看出，他是在竭力模仿鞑靼人。他甚至用一种我听不懂的语言同旁边的鞑靼人说话。那些鞑靼人却困惑而又好笑地交换着眼色。就凭这一点，我相信他们也听不懂他的话。我们那儿有些青年军官，他们精通骑术，勇敢无畏，受马尔林斯基[②]和莱蒙托夫作品的影响很深，往往按照《当代英雄》和《摩拉·奴尔》来看待高加索，他们的所作所为，不是凭他们自己的习性，而是竭力模仿书中人物。他就是其中的一个。

就说这位中尉吧，他也许喜欢结交贵妇人和将军、上校、副官之类的要人（我甚至敢断定他很喜欢这种上流社会，因为他这人十分虚荣），但他认为对待一切要人都应该粗声粗气，虽然他的粗鲁还是很有分寸的。要是有什么贵妇人来到要塞里，他准会光穿一件红衬衫，赤脚套上一双软鞋，同几个朋友徘徊在她的窗下，并且拉开嗓门大叫大骂。但他这样胡闹，并不是存心得罪她，而是让她看

① 一种高加索男人穿的无领束腰长外套。

② 俄国作家别斯土舍夫（1797—1837），笔名马尔林斯基，因参加十二月党人起义被捕流放，在高加索服役，死于战斗中。著有中篇小说《阿拉玛特老爷》和《摩拉·奴尔》，以浪漫主义笔调描写高加索的景色和习俗。

看他那双白净好看的脚，并且让她明白，要是能取得他的欢心，就可以跟他谈情说爱。他还常常带着两三个归顺的鞑靼人，夜里上山打埋伏，杀害路过的不肯归顺的鞑靼人。虽然心里也常常想到，这种行为根本谈不上勇敢，可他还是认为必须折磨那些鞑靼人，因为不知怎的他对他们十分反感，总是很鄙夷和憎恨他们。

他有两件东西从不离身：一件是挂在脖子上的大圣像，另一件是佩在衬衫外面连睡觉也不摘下的短剑。他确实认为他有仇人。他必须向什么人报复，用鲜血来洗雪仇恨。他认为怀有这样一种想法是莫大的乐趣。他深信对人类的憎恨、复仇和轻蔑是最崇高而且富有诗意的感情。但他的情妇（当然是个契尔克斯女人，我后来碰到过她）却说他这人极其温柔善良，他天天晚上都在日记本里记下忧郁的思想，在方格纸上记账，并且跪着向上帝祷告。为了使他的行动合乎他自己的心意，他真是受够了罪，因为他的同伴和士兵们总是不能像他所希望的那样理解他。

有一次，他跟几个同伴夜行军，在路上开枪把一个不肯归顺的车臣人的腿打伤，并且把他俘虏了。结果那车臣人在他家里住了七个星期，他亲自给他治伤，像最亲密的朋友那样照顾他，等那车臣人的腿伤痊愈，他就放了他，还送了他一些东西。后来，在一次战斗中，中尉正随着散兵线后撤，同时开枪向敌人还击，忽然听见敌方阵营中有人唤他的名字，接着上次被他打伤的车臣人骑马跑到阵前，并且做做手势要中尉跑出来。中尉就驰到他跟前，跟他握了握手。山民们站在一旁，并不开枪，可是等中尉拨转马头往后跑时，就有几个敌人向他开枪，有一颗子弹打中了他的臀部。再有一次，要塞半夜失火，有两连士兵赶来救火。在人群中间，忽然出现一个骑黑马的高大汉子，全身被火光照得通红。他分开人群，向着火的地方驰去。他驰到熊熊的大火前面，翻身下马，冲进一座被火焰吞

没一边的房子。五分钟后，这位中尉，头发烧焦，臂肘受伤，从房子里走出来，怀里抱着两只从烈火中抢救出的小鸽子。

这位中尉姓罗森克兰兹，但他常说他是瓦利亚基人[①]出身，并且有根有据地证明他和他的祖先都是地道的俄罗斯人。

四

太阳走了半天的路程，透过炙热的空气，把火辣辣的光芒投射在干燥的地面上。湛蓝的天空万里无云，只有雪山的山麓开始渐渐裹上淡紫色的云雾。空气纹丝不动，空中仿佛弥漫着透明的尘埃，天气热得难受。半路上，部队遇到一条小溪，歇了下来。士兵们架好枪，都向小溪奔去。营长在树荫下的军鼓上坐下，他那张胖脸上露出职高位大、与众不同的神气。他跟另外几位军官一起，准备吃点心。大尉躺在辎重车下的青草上。勇敢的罗森克兰兹中尉同几个年轻的军官一起坐在地上，身下铺着斗篷，旁边摆着各种酒瓶，歌手们也唱得特别起劲。这景象说明他们准备痛饮一番。那些歌手在他们面前排成半圆形，吹着口哨，唱着一支高加索舞曲：

沙米里[②]想起来造反
在以往的年月里……
嗒啦啦呀，啦嗒嗒……
在以往的年月里。

在这些人中间，有一个就是早晨赶上我们的那个青年军官。他的模样怪有趣：眼睛闪闪发亮，说话颠三倒四，他想同每个人接

---

① 公元9—10世纪征服俄罗斯的诺曼人。

② 沙米里（1798—1871），达格斯坦和车臣的第三世伊玛目（伊斯兰教教长），在高加索山民中组织宗教和民族运动，跟沙俄先后作战达25年，1859年被俄国军队击败，并俘虏。

吻，向每个人表示他的热情……真是个可怜的孩子！他不知道在这种场合他的样子有多么可笑；他不知道对每个人表示直爽和热情，并不能像他所渴望的那样博得人家的欢心，反而会引起嘲笑。他也不知道，当他热情冲动地扑在斗篷上，用臂肘支住头，把又浓又黑的头发往后一甩时，他那副模样又是那么可爱。有两个军官坐在辎重车底下，在食物箱上玩着“捉傻瓜”。

我好奇地听着士兵们和军官们的谈话，留神地瞧着他们脸上的神色，但丝毫也看不出我自己所感受到的那种惊惶不安的心情：他们有说有笑，互相戏谑，对当前的危险漠不关心，满不在乎，根本没想到其中准有几个人不能从这条路上回去。

五

晚上六点多钟，我们精疲力竭，满身尘土走进宽阔坚固的要塞大门。太阳快落山了，把它那玫瑰红的余晖投向美丽如花的炮台，投向要塞四周的花园和高高的白杨树，投向金黄色的田野，也投向聚集在雪山周围的白云——白云仿佛在模仿雪山，连成一片，跟雪山一样神奇美丽。一钩新月，好像一小朵透明的云彩，出现在天边。在离要塞不远的山村里，一个鞑靼人正在泥屋子的平顶上召集信徒做祷告；歌手们又打起精神，雄赳赳地唱起歌来。

我歇了一会儿，养了养神，就去找那个认识的副官，请他把我的意图转告给将军。从我歇脚的郊区出发，一路上看见的要塞景象出乎我的意料之外：一辆漂亮的双座马车赶上我，车窗里露出一顶时髦的女人帽子，还传出几句法国话。将军寓所的窗子敞开着，里面琴声叮咚，有人在一架走音的钢琴上弹奏《丽莎》和《卡金卡波兰舞曲》。我经过一家小酒馆，看见几个文书手拿烟卷在里面喝酒。我听见他们中间有人说：“对不起……说到政治嘛，在我们这

儿的夫人中间玛丽雅·格里哥里耶夫娜要数第一了。”一个背有点驼的犹太人，身穿破旧的上衣，满面病容，正拉着一架声音刺耳的蹩脚手风琴，因此郊区到处都荡漾着《路茜亚》最后乐章的旋律。有两个女人，身上穿着窸窣发响的衣服，头上包着丝头巾，手里拿着色彩鲜艳的小阳伞，步态轻盈地循着铺板的人行道从我旁边走过。有两个姑娘，一个穿粉红衣裳，一个穿天蓝衣裳，不包头巾，站在一所矮房子的土台旁边，装腔作势地吃吃笑着，显然想吸引那些过路军官的注意。军官们穿着崭新的军服，佩着闪闪发亮的肩章，戴着雪白的手套，在街上和林荫道上炫耀自己的装束。

我在将军寓所的底层找到了我那位熟人。我刚开口向他说明我的愿望，他立即就说这事好办。就在这时候，我刚才碰到的那辆漂亮马车从我们窗外辚辚经过，在门口停下了。车上下来一个体格魁梧的男人，身穿步兵制服，佩少校肩章，向将军的屋子走来。

“哦，对不起，”副官一边说，一边站起身来，“我得去向将军通报。”

“是谁来了？”我问。

“伯爵夫人。”他回答说，一边扣军服，一边跑上楼去。

几分钟以后，就有一个身材不高但眉清目秀的人，穿一件不戴肩章的军服，纽孔上挂一个白色十字架，来到台阶上。他后面跟着少校、副官和另外两个军官。从将军的步态、声音和举动上可以看出，他时刻记住自己是个重要人物。

“晚安，伯爵夫人。”他一边说，一边把手伸进车窗里。

一只戴细皮手套的小手握住他的手，同时，一个头戴鹅黄帽子、满面笑容的美人在车窗口出现了。

他们谈了几分钟话。我从他们身边经过时听到将军笑嘻嘻地说：

"您知道我发誓要和异教徒干到底。您可得小心，别做这样的人。"[1]

车里的人笑了起来。

"那么，别了，亲爱的将军。"

"不，再见，"将军一边说，一边返身走上台阶，"别忘了，我明天一定要来参加您的晚会。"

马车又辚辚地继续前进。

"天下竟有这样的人，"我在回家的路上想着，"他有了俄罗斯人所追求的一切——高官、财富、声望，可是这个人在这天知道将怎样收场的战斗的前夜，还在跟一个漂亮女人调情，答应第二天到她家里喝茶，就像在舞会上碰到她一样！"

在这副官的屋子里，我遇到一个使我更加惊奇的人。他是K团的一个年轻中尉，以近乎女性的温柔和腼腆著名。他来向副官诉苦，发泄他对某些人的气愤，说他们密谋不让他参加当前的战斗。他说这种行为是卑劣的，是不够朋友的，他永远不会忘记，等等。我细细察看他脸上的表情，倾听他说话的语气，我不能不相信，他完全不是做作，而是确实感到极其气愤和伤心，因为他们不让他拿着枪去打契尔克斯人并且受他们的射击。他伤心得像一个冤枉挨打的孩子……我实在摸不着头脑。

六

部队决定在晚上十点出发。八点半钟，我骑上马到将军那儿去。我料想将军和他的副官一定很忙，就在他们门口下了马，把马拴在篱笆上，自己在土台上坐下，等他们出来一起走。

---

① 法文"异教徒"还有一个意思是"不重视的人"，这里是双关语。

太阳的炎热和光芒，已经被黑夜的清凉和新月的微光所代替。湛蓝的星空中，围着半圈苍白光晕的月亮，开始冉冉下沉。大房子的玻璃窗和泥屋子的板窗缝里都有灯光漏出来。白墙芦苇顶的泥屋子浸浴在溶溶的月光中。在泥屋子后面的地平线上，花园里一排挺拔的白杨树显得更高更黑了。

房子、树木和篱笆的狭长阴影落在光亮的灰沙路上，煞是好看……河上的蛙鸣噪个不停①。街上一会儿传来匆匆的脚步声和说话声，一会儿传来嘚嘚的马蹄声；郊区那儿偶尔飘来手风琴声，一会儿是《狂风呼啸》，一会儿又是什么《曙光圆舞曲》。

我不愿说我在冥思苦想些什么，这首先是因为眼看着周围一片欢欣鼓舞的景象，我不好意思把心中摆脱不掉的抑郁想法说出来；其次是因为这跟我的故事不调和。我想得那么出神，连钟打十一下，将军带着随从在我身边经过都没有觉察。

我慌忙跨上马去追赶部队。

后卫部队还没有走出要塞的大门。我好容易从大炮、弹药车、辎重车和大声发号令的军官中间挤过去，总算过了桥。我出了要塞，绕过绵延一里长、在黑暗中默默移动的队伍，追上了将军。当我经过排成单行的炮队和在大炮之间骑马前进的军官们时，我听见有人用德国口音大声叫嚷，好像庄严宁静的和声中混杂着一个讨厌的不调和音："点火杆，给我点火杆！"接着就有个士兵慌忙喊道："舍甫琴科，中尉要个火。"

现在大部分天空被一条条灰黑的云片遮住，只有云缝中间漏出几颗暗淡的星星。月亮已经落到右边不远的黑魆魆的群山后面去了，但山顶上还洒着朦胧的月光，跟笼罩着山麓的一片漆黑形成了

① 高加索青蛙的叫声跟俄罗斯青蛙的叫声完全不同。——托尔斯泰

强烈的对比。空气温暖，没有一丝风，使人觉得地上没有一茎野草在摇摆，天上没有一朵浮云在飘动。天黑得厉害，连近在手边的东西都分辨不清。大路两边，我忽而仿佛看到岩石，忽而仿佛看到野兽，忽而又仿佛看到古怪的人形，直到听见飒飒的响声，闻到露水的清香，才发现原来都是灌木。

我看见前面有一道高低起伏、连绵不断的黑墙，后面跟着几个移动的黑点：那是骑兵的先锋队以及将军同他的随从。在我们后面，也有同样黑压压的人群在向前移动，但比前面的矮一些：这是步兵。

整个队伍鸦雀无声，因此那富有神秘魅力的各种夜声清晰可闻：豺狼在远处哀号，时而像痛苦的哭泣，时而像呵呵的狞笑；蟋蟀、青蛙和鹌鹑高声地唱着单调的曲子；还有一种越来越近的隆隆声，我却怎么也猜不透是什么声音；还有一切难以捉摸的夜间的天籁，全都汇合成一片优美的谐音，也就是我们平时所说的夜的寂静。这寂静，又被嘚嘚的马蹄声和队伍缓步前进踏响青草的飒飒声所打破，或者不如说又同这些声音合成一片了。

队伍里只偶尔听见重炮的辘辘声、刺刀的撞击声、低低的说话声和马的嘶鸣声。

大自然充满了一种使人心平气和的美与力。

生活在这广袤无际的星空下，生活在这美妙绝伦的地面上，难道人们还感到局促吗？处在这迷人的大自然怀抱里，难道人的心里还能容纳憎恨与复仇的感情或者毁灭同类的欲望吗？在跟大自然的接触中，在跟这美与善的最直接表现者的接触中，人心里的一切恶念也该消失殆尽了吧！

七

我们骑马行军两个多小时。我开始浑身哆嗦，昏昏欲睡。在黑暗中，我又隐隐约约地看到那些模糊的景象：前面不远的地方有一道黑墙，还有一些移动的黑点；我的身边，一匹后腿分得很开、尾巴摇动的白马的臀部；一个穿白色契尔克斯外套的背影，外套外面挂着一支装在黑套子里的步枪，还有一把插在绣花枪袋里的手枪的白柄；一支纸烟的火光照亮了淡褐色的小胡子、海龙皮的领子和一只戴麂皮手套的手。我俯伏在马颈上，闭上眼睛，迷迷糊糊地过了几分钟。忽然一阵熟悉的马蹄声和飒飒声把我惊醒了。我睁开眼睛向周围望望。我仿佛觉得自己站在一个地方，前面那道黑墙正在向我移动；又仿佛那墙屹立不动，我自己眼看着就要向它直冲过去。这当儿，那个我怎么也猜不透的连续的隆隆声，越来越近，越来越响，使我越发感到惊奇。原来这是水声。我们刚进入一个深邃的峡谷，正向一条泛滥的山溪走去[①]。隆隆声更响了，潮湿的青草更密更高了，灌木越来越多，眼界渐渐缩小。在黑压压的群山上，偶尔东一点西一点地闪起明亮的火光，接着又熄灭了。

“请问这火光是怎么一回事？”我低声问旁边一个鞑靼人。

“你不知道吗？”他应声说。

“这是山民把干草缚在杆子上，点上火摇晃着呢。”

“搞这个干什么？”

“好让大家知道俄罗斯人来了。哎，哎，此刻山村里正乱成一团，大家都把东西往山沟里拖。”他笑着又说。

“难道山民已经知道部队开到了吗？”我问。

① 在高加索，河水一般在七月里泛滥。——托尔斯泰

“嗐！怎么会不知道！每次都知道！我们那边的老百姓就是这样的！”

“那么沙米里也在准备应战啰？”我又问。

“不，”他摇摇头回答，“沙米里自己不会出来。沙米里会派纳伊勃[1]出来打仗，自己在山头上拿望远镜望着。”

“他住得远吗？”

“不远。喏，左边，大约有十里地。”

“你怎么知道？”我问，“难道你去过那边吗？”

“去过。我们全到过山里。”

“也见到过沙米里吗？”

“嚯！沙米里我们是见不到的。有一百个，有三百个，有一千个穆里德[2]保护着他。沙米里在他们的中央！”他露出肃然起敬的神气说。

抬头望去，只见明净的天空在东方蒙蒙发亮，北斗星正向地平线冉冉下沉，但我们所走的峡谷依旧又潮湿又阴暗。

忽然，在我们前面不远的黑暗中亮起了几点火光。就在这一刹那，有几颗子弹嘘嘘地飞过，远远的几下枪声和一阵尖厉刺耳的喊声打破了寂静。这是敌人的前哨。组成前哨的鞑靼人大声喊了一阵，胡乱放了几枪，就跑掉了。

周围又静了下来，将军叫来一个翻译。那个穿白色契尔克斯外套的鞑靼人跑到他跟前，指手画脚地同他低声谈了好一阵。

“哈萨诺夫上校，命令队伍布成散兵线！”将军轻轻地用拖长而清晰的声音说。

队伍来到溪边。峡谷两旁黑压压的群山落在后面，天色破晓

① 纳伊勃是受沙米里委托掌管事务的人。——托尔斯泰

② “穆里德”一词有许多意义，这里是指介于副官和侍卫之间的人物。——托尔斯泰

了。几颗暗淡无光的残星在空中若隐若现，天空却显得比原来高了；明亮的曙光在东方豁露出来；西边吹来沁人心脾的凉风，透明的薄雾好像蒸气，在喧闹的溪流上袅袅上升。

八

领路的鞑靼人指出涉水过溪的地方。骑兵先锋队领先，将军带着随从在后，开始涉过溪流。溪水深齐马胸，在累累的白石（有些地方石头跟水面相齐）之间滚滚奔腾，在马腿周围形成一股水花飞溅、哗哗喧响的急流。水声使马匹吃惊，它们昂起头，竖起耳朵，小心翼翼地踩着高低不平的溪底，一步步逆流前进。骑马的人把腿缩起，提起武器。步兵都只穿一件衬衫，把挑着衣服包裹的枪高举在水面上，二十个人连成一排，手挽手奋勇逆流而行，神色十分紧张。骑马的炮兵大声叫嚷，急急地把马赶到水里。大炮和绿色的弹药车从溪底的石头上隆隆驶过，有时还受到水流的冲击，但优良的黑海马同心协力地拉着挽索，激起水花，终于带着湿淋淋的尾巴和鬃毛爬上对岸。

等全体人马涉过溪水，将军脸上顿时现出若有所思的严肃神气，掉转马头，带着骑兵，朝前面那片宽阔的林间空地跑去。哥萨克骑兵沿着树林边缘布成了散兵线。

我们看到树林里有一个步行的人，穿契尔克斯外套，戴羊皮高帽，接着又看到第二个、第三个……有个军官说："是鞑靼人。"接着就看见一团硝烟从一棵树的后面冒出来……响起了枪声，又是一下……我们密集的枪声压倒了敌人的枪声。只偶尔飞过一颗子弹，发出蜜蜂一般的嗡嗡声，说明并不是我们单方面在开枪。于是步兵和炮车都飞快地进入了散兵线。但听得炮声隆隆，枪声嗒嗒，霰弹哗啦啦飞溅，火箭嘘溜溜尖叫。在广阔的空地上，四面八方都是骑兵、步兵和炮兵。大炮、火箭和步枪的硝烟，跟沾满露水的草木和迷雾混成一片。哈萨诺夫上校飞跑到将军跟前，陡然勒住马。

“大人！”他一边举手敬礼，一边说，“请您命令骑兵冲锋吧：敌人的旗号[①]已经看得见了，”他用鞭子指指几个骑马的鞑靼人；领头的两个骑着白马，手里都拿着缚有红蓝布条的杆子。

“去吧，上帝保佑你，伊凡·米哈依雷奇！”将军说。上校当即拨转马头，拔出军刀喊道：“冲啊！”

“冲啊！冲啊！冲啊！”队伍里一片呐喊，骑兵们立即跟着他冲出去。

人人都全神贯注地望着前方：一个旗号，又是一个，第三个，第四个……

敌人没想到对方会发起冲锋，都躲到树林里去，从那里开枪。子弹越来越密了。

“迷人的景象啊！”将军骑着他的细腿黑马，照英国人的款式轻跳了几步，赞叹说。

“真迷人！”少校喉音很重地回答，策马跑到将军跟前，“在这样漂亮的地方打仗，真是一大乐事。”

“特别是跟好战友在一起。”将军笑眯眯地补上一句。

少校鞠了个躬。

就在这当儿，敌人的一颗炮弹带着刺耳的呼啸声直飞过来，打中了什么东西。背后有人呻吟起来。这呻吟声使我深为感动，以致雄壮的战斗场面一下子对我丧失了魅力。但除了我，似乎谁也没注意到：少校显然笑得越发欢畅了；另一个军官若无其事地把刚开了头的话重新说了一遍；将军眼望着对方，露出泰然自若的微笑，用

① 山民的旗号相当于我们的军旗，所不同的是他们每个骑士都可以自制和使用旗号。——托尔斯泰

法国话说着些什么。

“要不要向他们回击？”炮兵指挥官骑马跑来请示。

“好，吓唬吓唬他们。”将军一边点雪茄，一边漫不经心地说。

炮队摆开阵势，开始轰击。地面上炮声隆隆，半空中火光闪闪，硝烟遮住视线，连大炮周围炮手的身体都看不清楚了。

山村轰击完毕，哈萨诺夫上校又骑马跑来，在取得将军命令后向山村冲去。又响起战斗的呐喊声，骑兵扬起一片灰沙，随即消失不见了。

景象确实十分壮丽。对我这个没参加战斗也不习惯于战争的人来说，只有一个感想破坏了总的印象，那就是：我认为这种行动、这种兴奋和呐喊都是不必要的。我不禁想：这情形不是有点像一个人在抡斧头乱砍空气吗？

九

山村被我们的部队占领了。当将军带着随从（我也在里面）到达的时候，村里已经没有一个敌人。

一座座整洁的长方形小屋，带着平坦的泥屋顶和别致的烟囱，散布在高低起伏、岩石累累的丘陵上，丘陵中间流着一道清溪。溪的一边是果园，里面长着高大的梨树和樱桃李，在灿烂的阳光下苍翠欲滴。另一边是些古怪的阴影，又高又直的墓碑和顶上安着圆球和彩旗的长杆（这是鞑靼骑士们的坟墓）。

部队整齐地排列在大门外。

过了一会儿，龙骑兵、哥萨克和步兵都喜气洋洋地分散到曲折的小巷里，空虚的山村顿时活跃起来。这儿，一个屋顶塌了下来，有人用斧头劈开一扇坚实的木门；那儿，一堆干草，一道篱笆，一座房子，烧了起来，滚滚的浓烟直冲晴朗的天空。这儿，一个哥萨克拖着一袋面粉和一条毯子；那儿，一个士兵满面春风，从屋子里拿出一个白铁盒子和一些破烂衣物，另一个士兵张开双臂，想捉住两只在篱笆边咯咯叫的母鸡，再有一个士兵不知在哪儿找到一大罐牛奶，喝了一点儿，又哈哈笑着把罐子扔在地上。

那个和我一同从要塞出发的营也到达了山村。大尉坐在平坦的屋顶上，嘴里衔着他那只短烟斗，喷着家乡土烟的烟气。他的神态那么悠闲，使我也忘记身在战乱的山村之中，觉得跟在家里一样自在了。

“哦！你也在这儿吗？”他一看到我，便招呼道说。

罗森克兰兹中尉的高大身姿在村子里到处闪现。他不断地发号施令，十分忙碌。我看见他得意洋洋地从屋子里出来，后面跟着两个兵，带着一个上了年纪的鞑靼人。那老头儿只穿一件破烂不堪的杂色短褂和补丁累累的裤子，身体非常虚弱，背有点驼，那两条被紧缚在背后的瘦骨嶙峋的手臂，似乎勉强挂在肩膀上，他那双赤裸的罗圈腿十分吃力地挪动着。他的脸上和一部分剃光的头皮上布满了深深的皱纹。他那张没有牙齿的歪嘴在修剪过的灰白胡子遮盖下不断地翕动，像是在嚼什么东西，但他那双没有睫毛的红眼睛还炯炯有光，同时流露出老年人对生命的淡漠。

罗森克兰兹通过翻译问他，为什么他不跟人家一起走。

“叫我到哪儿去？”他镇静地望着一旁，说。

“跟人家一块儿走。”有人说。

“骑士们跟俄罗斯人打仗去了，可我是个老头儿。”

“难道你不怕俄罗斯人吗？”

“俄罗斯人会拿我怎么样？我是个老头儿。”他若无其事地望望周围的一圈人，又说。

回去的时候，我看见这个老人光着脑袋，双手反缚，在那个领

路的哥萨克的马鞍后面摇来晃去，依旧冷漠地望着周围。他是被带走作交换俘虏用的。

我爬到屋顶上，在大尉旁边坐下。

“看样子敌人不多。”我说，很想知道他对这次战斗的想法。

“敌人？”他惊奇地反问了一句，“根本没有什么敌人，难道这也算得上敌人吗？……到晚上我们撤退的时候您再瞧瞧，您就可以看见他们会从那边拥出来给我们送行了！”他一边说，一边用烟斗指指我们早晨来的那座小树林。

“那是在干什么呀？”我打断大尉的话，指指离我们不远处聚拢在一起的一群顿河哥萨克，不安地问。

那边似乎有婴儿的哭泣，还有人的说话声：

“哎，别杀……住手……会被人家瞧见的……刀有吗，叶夫斯基尼奇？……拿刀来……”

“在分什么东西——那些混蛋。”大尉镇静地说。

就在这当儿，那个长得很漂亮的准尉忽然从角落里跑出来。他神色慌张，满脸通红，挥动两臂，向那群哥萨克直奔过去。

“别动，别杀他！”他用孩子般的尖嗓子叫道。

哥萨克一看见军官，就散开来，放下手里的一只白羊羔。年轻的准尉手足无措，嘴里嘟囔着什么，窘态毕露地站在他们面前。他看见我和大尉坐在屋顶上，脸涨得更红，连蹦带跳地向我们跑来。

“我还以为他们在杀小孩子呢。”他羞怯地微笑着说。

十

将军带着骑兵前进。我从某要塞随同它前来的那个营留作后卫。赫波洛夫大尉和罗森克兰兹中尉的两个连一起往后撤。

大尉的预言完全证实了：我们一进入他提到的那座狭小树林，

两边就不断出现骑马和步行的山民。他们离我们很近。我清清楚楚地看见有几个人弯着身子，手里拿着步枪，从一棵树背后跑到另一棵树背后。

大尉脱下帽子，虔诚地画了十字，几个老兵也学他的样。树林里响起一片呐喊声和说话声："耶依·格耶乌尔！乌罗斯·耶依！"接着响起一阵急促而单调的步枪声，子弹嗖嗖地从两边飞来。我们的士兵默默地用猛烈的火力向他们回击，队伍里只偶尔听到这样的话："他[1]是从那边打过来的，他躲在树林里倒舒服，用大炮来轰就好了……"

大炮进入了散兵线。我们连发了几发霰弹之后，敌人的力量似乎削弱了，但过了一会儿，随着我们军队的步步前进，敌人的火力又加强了，呐喊声也更响了。

我们离开村子才五六百米，敌人的炮弹就在我们头上呼啸飞过。我看见有个士兵被炮弹打死了……但我又何必详细描述这可怕的场面呢？我真希望赶快把它忘掉！

罗森克兰兹中尉亲自拿步枪射击，一刻不停地用沙哑的嗓子向士兵们吆喝，飞也似的从散兵线的这一头跑到那一头。他的脸色有点苍白，这跟他那威武的面貌倒很相称。

漂亮的准尉兴奋极了。他那双好看的黑眼睛闪着勇敢的光芒，嘴巴上浮着笑意。他一再骑马跑到大尉跟前，要求大尉准许他带着队伍冲锋。

"我们能把他们打退，"他信心十足地说，"一定能把他们打退。"

"不用了，"大尉温和地回答，"我们得撤退了。"

---

① 高加索士兵对敌人一般统称为"他"。——托尔斯泰

大尉率领的一连人占领了树林边缘，士兵们趴在地上向敌人还击。大尉穿着破旧的上衣，戴着揉皱的帽子，松下手里的缰绳，弯腿踏着短鞍镫，骑在白马上，默默地停留在一个地方（士兵们对打仗都很内行，任务执行得也很好，因此不用给他们下什么命令）。他只是偶尔提高嗓子，对那些抬起头来的士兵吆喝一声。

大尉的外表并不威武，但是极其朴实诚恳，使我非常感动。“这才是真正勇敢的人！”我不由得想。

他的样子跟我平时看到的完全相同：举止依旧那么沉着，声音依旧那么镇定，在他那张虽不漂亮，但却淳朴的脸上依旧现出诚恳的神气，只有他那双眼睛比平时更加明亮，显出一个沉着工作的人的专心神情。“跟平时完全相同”——这话说说是容易的。然而，在别人身上我看到过形形色色的表现：有人想装得比平时镇定，有人想装得比平时凶狠，有人想装得比平时快乐，但从大尉的脸上可以看出，他根本不明白为什么要装模作样。

“近卫军宁肯牺牲，绝不投降！”在滑铁卢说这句话的法国人和说过别的名言的英雄（特别是法国的英雄），他们确实是勇敢的，也确实说过令人难忘的豪言壮语。然而，他们的勇敢跟大尉的勇敢却是有差别的。不论在什么场合，我们的这位英雄，即使心里想起什么豪迈的话，他也绝不会说出口来，因为第一，他怕说了豪迈的话，反而会毁了豪迈的事业；第二，要是一个人觉得能胜任一件豪迈的事，就根本用不着说什么话。我认为，这是俄罗斯人勇敢的独特而崇高之处。因此，听到我们的青年军人说些庸俗的法国话，企图仿效陈旧的法兰西骑士精神，一颗俄罗斯的心怎能不觉得难受呢？……

忽然，从漂亮的准尉和他手下一排人站着的地方轻轻地传来一片参差不齐的“冲啊”的呐喊声。我应声回过头去，看见大约有三十个士兵手里拿着枪，肩上背着袋子，很吃力地沿着翻耕过的田野奔跑。他们绊着跤，但还是呐喊着向前冲去。年轻的准尉拔出马刀，跑在他们前面。

全部人马都消失在树林里了……

喊声和枪声延续了几分钟，随后树林里窜出一匹受惊的马。树林边上出现了几个抬着死伤人员的士兵，年轻的准尉也负伤了。两个兵架着他的胳肢窝走着。他的脸白得像手巾，漂亮的脑袋可怕地缩在肩膀里，垂倒在胸口，几分钟前那副雄赳赳的神气，只在脸上留下一点儿影子。他的上衣敞开着，白衬衫上有一块不很大的血迹。

“唉，真可怜！”我情不自禁地说，掉头不看这悲惨的景象。

“确实很可怜，”我旁边的一个老兵说，他神情忧郁，臂肘支在枪上，“他什么都不害怕，这怎么行呢！”他眼睛盯着受伤的准尉，又说：“真傻，这下子可吃亏了。”

“难道你害怕吗？”我问。

“怎么不害怕！”

十一

四个士兵用担架抬着准尉。一个救护兵牵着一匹累坏的瘦马跟在后面，马背上驮着两只绿色的医疗用品箱。他们在等医生。军官们纷纷跑到担架跟前，竭力鼓励和安慰负伤的准尉。

“嗳，阿拉宁老弟，如今你可得再等一些日子才能跳响板舞了。”罗森克兰兹中尉跑到他跟前笑笑说。

他满以为这话会使漂亮的准尉听了高兴，可是从后者忧郁冷淡的神情上看来，他的话并没有达到预期的效果。

大尉也跑到他跟前。他仔细瞧瞧负伤的人，他那一向冷漠的脸上也露出真挚的怜悯。

“怎么搞的，我亲爱的阿纳托里·伊凡内奇？”他的语气那样亲切温柔，我真没有想到，“显然这是上帝的意思。”

负伤的人回过头来，苍白的脸上浮起一丝苦笑。

“是的，是我没听您的话。”

“不如说这是上帝的意思！”大尉重复说。

医生来了。他从助手手里接过绷带、探针和别的用具，卷起袖子，带着使人鼓舞的微笑，走到负伤的准尉跟前。

“是不是他们也在完整的皮肉上打了个窟窿？”他若无其事地开玩笑说，“来，让我瞧瞧！”

准尉任听他检查，但他对这位快乐的医生，眼光里却含着惊奇和责备。这一点医生没有注意到。他用探针探察伤口，多方面进行检查，使负伤的准尉痛得忍不住连声呻吟，把他的手推开……

“别管我了，”他声音轻得几乎听不见地说，“我反正要死的。”

他说完这话倒下了。五分钟以后，我走近围着他的人群，问一个士兵：“准尉怎样了？”回答是：“他去了。”

十二

当部队排成宽阔的行列唱着歌回到要塞的时候，天色已经晚了。

太阳落到雪山后面，把玫瑰红的余晖投向澄澈的天边一片长长的薄云。雪山渐渐隐入淡紫色的雾霭里，只有峰巅的剪影在红艳艳的夕照里显得分外清晰。皎洁的新月早已升起，在湛蓝的天空中渐渐发白。葱茏的草木都在变黑，并且沾上露水。黑压压的队伍发出整齐的脚步声，在茂盛的草地上移动着。四面八方都听得见手鼓、军鼓和轻快的歌声。六连的第二男高音放开嗓子拼命歌唱，他那慷慨激昂、感情洋溢的纯净胸音，远远地荡漾在清澈的晚空中。

赏析与品读

托尔斯泰写了一群健康勇敢乐观的俄国军官，他们是志愿军，为享受双饷的待遇，受命去攻打一群不那么像敌人武装的鞑靼民众。托尔斯泰以他素常的平静的语调，讲叙军官们对待战争的态度。他们并不懂战争的缘由，只能以“一个人总得做点事”“那是上帝的意思吧”来解释一切，包括受伤与死亡。他们走过的一路，作者用风景描写，让我们看到山川大地草原的辽阔动人、生机勃勃，以及军官对生活充满热情，对战争漫不经心，甚至对仇恨也漫不经心，而他们并不是战争的热爱者。当一个年轻漂亮的准尉误把一只白羔羊的叫声以为是小孩子的喊声，奔跑过去制止“杀小孩子”时，军人的善良心态表现得纤毫毕露，感动人心。而这一切平静的讲述下隐藏着沉重，战争毕竟是残酷的，年轻的准尉在战斗快要结束时意外负伤并结束了生命。

托尔斯泰曾在高加索地区入伍，并在此期间发表了一些反映战地生活的小说，本篇即是其中之一。这段经历让他对生活有了新的认识，对其后期创作影响很大的平民化思想也由此萌发。

童 年

（节选）

● *带着问题读一读，你会收获更多* ●

1. “卡尔·伊凡内奇大为惊讶，放下我的脚，焦急地问我是怎么回事？是不是做了噩梦？……他那和善的德国脸庞，他竭力要弄清我流泪的原因，这种关怀使我哭得更伤心了。”我为什么哭得更伤心了？

2. 在离别的时候，妈妈再三再四地吻伏洛嘉，替他画十字。此时我的心理活动是怎样的？

第一章

教师卡尔·伊凡内奇

一八××年八月十二日，也就是我满十岁生日、得到许多精美礼物后的第三天，早晨七点钟，卡尔·伊凡内奇用糖纸绑在棒上做成的苍蝇拍在我头顶上方拍苍蝇，把我弄醒了。他动作笨拙，碰到了挂在栎木床架上的守护神，还让死苍蝇一直落到我的头上。我从被子下露出鼻子，用手扶住还在摇晃的圣像，把死苍蝇扔到地上，又睡意蒙眬而怒气冲冲地瞪了卡尔·伊凡内奇一眼。卡尔·伊凡内奇身穿一件花哨的棉睡袍，腰束一条同样料子的腰带，头戴一顶红色的毛线带缨子小圆帽，脚穿一双山羊皮靴，一直顺着墙壁走来走去，瞄准苍蝇就拍。

“就算我年纪小，”我想，“他凭什么吵醒我？他为什么不在伏洛嘉床边打苍蝇？瞧，他那边有多少！哼，伏洛嘉比我大，我比谁都小，所以他就欺负我。他一辈子就是跟我过不去，”我嘀咕说，“他明明看到我被他弄醒，吓了一跳，却装作没有看见……这家伙真是讨厌！他的睡袍、小圆帽、帽缨，没有一样不叫人恶心！”

我心里这样恨着卡尔·伊凡内奇，他却走到自己床前，望了望床头上方那个台座上镶玻璃珠的挂钟，把苍蝇拍挂到钉子上，心情愉快地向我们转过身来。

“起来，孩子们，起来！……该起来了，妈妈已在饭厅里等着了。”[1]他和颜悦色地用德语大声说，走到我床边坐下，又从口袋里掏出鼻烟壶。我假装睡着了。卡尔·伊凡内奇先嗅了一撮鼻烟，

---

① 原文是德语。

擦擦鼻子，弹弹手指，再来对付我。他笑着搔搔我的脚后跟，说：“喂，喂，懒骨头！”①

尽管我很怕痒，我仍不起床，也不理他，只是把头往枕头底下钻，两脚乱踢，竭力忍住不笑出声来。

“他这人多好，他多爱我们，可我却把他想得那么坏！”

我恨自己，也恨卡尔·伊凡内奇，我又想笑，又想哭，心情很激动。

“哦，别碰我，卡尔·伊凡内奇！”②我含着眼泪叫道，从枕头底下伸出头来。

卡尔·伊凡内奇大为惊讶，放下我的脚，焦急地问我是怎么回事？是不是做了噩梦？……他那和善的德国脸庞，他竭力要弄清我流泪的原因，这种关怀使我哭得更伤心了。我感到害臊，我真弄不懂，一分钟之前我怎么会不喜欢卡尔·伊凡内奇，甚至讨厌他的睡袍、小圆帽和帽缨？现在，正好相反，我觉得他的一切都非常可爱，连他的帽缨也表明他这人十分善良。我对他说，我哭是因为做了噩梦，我梦见妈妈死了，她被抬去埋葬。其实这都是我瞎编的。我一点也不记得夜里做过什么梦。但卡尔·伊凡内奇却被我瞎编的故事所感动，连忙安慰我。这时，我仿佛觉得真的做过噩梦，而我流泪则是由于别的原因。

等卡尔·伊凡内奇一走，我就从床上抬起身来，把长筒袜往小脚上穿，我的眼泪减少了些，但由那场瞎编的噩梦所引起的阴郁心情却一直没有消除。男仆尼古拉走来，他身材矮小，外表整洁，做事认真仔细，待人彬彬有礼，是卡尔·伊凡内奇的好朋友。他给我们送来衣服和鞋：给伏洛嘉送来靴子，给我送来我当时很不喜欢的

---

① 原文是德语。

② 原文是德语。

带花结皮鞋。我不好意思在他面前哭，再说朝阳正喜气洋洋地从窗子里照进来，伏洛嘉站在洗脸盆旁模仿玛丽雅·伊凡诺夫娜（姐姐的家庭教师）的动作，笑得那么快乐那么响亮，连那站在旁边、肩上搭着毛巾、一手拿肥皂一手拿脸盆的严肃的尼古拉都忍不住笑着说：

“好了，伏洛嘉少爷，您洗脸吧。”

我快活极了。

“你们快准备好了吗？”[①]教室里传来卡尔·伊凡内奇的声音。

卡尔·伊凡内奇的声音很严厉，已不是使我感动得落泪的那种语气。在教室里，卡尔·伊凡内奇完全变成另一个人，他是个十足的老师。我赶快穿好衣服，洗好脸，手里还拿着刷子，边抚平湿漉漉的头发，边应声走进教室。

卡尔·伊凡内奇戴着夹鼻眼镜，手里拿着一本书，坐在门窗之间他坐惯的地方。门左边有两个书架：一个是我们孩子们的，另一个是卡尔·伊凡内奇私人的。我们的书架上摆着各种各样的书：有教科书，也有课外读物，有些竖着，有些平放着，只有两大卷红封面的《游记》[②]整整齐齐地靠墙竖着，然后是大大小小、长短厚薄不等的书，有的有封面，有的没有封面。

每当课间休息前，卡尔·伊凡内奇总是吩咐我们整理图书馆（他就是这样把书架夸大为图书馆的），我们就胡乱把书往那里塞。卡尔·伊凡内奇的私人藏书册数虽没有我们多，但种类却五花八门。我还记得其中的三本：一本是没有硬封面的德文小册子，内容是讲大白菜的施肥方法；一本是羊皮纸精装，但烧去一角的《七

---

① 原文是德语。

② 原文是法语，书中凡原是法语的一律排楷体，不再一一加注。

年战争史》；另一本是《流体静力学》教程。卡尔·伊凡内奇大部分时间都用在读书上，因此伤了眼睛，但除了这些书和《北方蜜蜂》[1]外，他什么书也不读。

卡尔·伊凡内奇的书架上有一件最使我难忘的东西。那是一小片圆形纸板，下面支着木腿，可以利用几根小钉子移动。圆纸板上贴着一张图画，画的是一个贵妇人和一个理发师。这件东西，卡尔·伊凡内奇做得很精巧，是他自己设计的，用来遮住强烈的光线，保护自己视力很差的眼睛。

我至今仿佛还看见卡尔·伊凡内奇：瘦长的个子，身穿棉睡袍，头戴小红帽，帽子下露出稀疏的白发。他坐在小桌旁，桌上竖着画有理发师的小圆纸板，圆纸板的阴影就落在他脸上。他一只手拿着书，另一只手搭在安乐椅扶手上，面前放着一个钟面上画着猎人的钟，还有一条方格手帕、一个圆形黑色鼻烟壶、一个绿色眼镜盒和一把放在小托盘里的剪烛花的钳子。一切都整整齐齐、井井有条，单从这一点就可以看出，卡尔·伊凡内奇是个心地纯洁、襟怀坦白的人。

有时，我在楼下大厅里玩够了，就踮着脚尖悄悄上楼，往往可以看到卡尔·伊凡内奇独自坐在安乐椅上，神态安详端庄地读着一本他喜爱的书。有时遇到他不在读书，眼镜低低地架在大鹰钩鼻上，那双蓝色的眼睛半开半闭，现出一种特别的表情，嘴唇上浮着忧郁的微笑。房间里静悄悄的，只听见他均匀的呼吸和那座画有猎人的时钟的滴答声。

他往往没有发现我，我就站在门口想："老头儿真可怜，真可怜！我们人多，一起玩呀，乐呀，可他孤零零一个人，也没有人安

---

①《北方蜜蜂》是一种保守的政治、文学刊物，1825年至1864年在彼得堡出版。

慰他。他说他是个孤儿，这是事实。他的身世真是不幸！我记得他给尼古拉讲过这方面的事，真是可怜！”我非常可怜他，常常走到他跟前，拉住他的手说：“亲爱的卡尔·伊凡内奇！”[①]他喜欢我这样称呼他，总是抚摩我，心里显然很感动。

另一面墙上挂着几幅地图，破得很厉害，但被卡尔·伊凡内奇精心修补好了。第三面墙中间有一道门通向楼梯，门的两边挂着两把尺：一把刀痕累累，是我们的；另一把完好无损，是他私人的，但多半被他用来训诫人，难得用来画线；门的另一边挂着一块黑板，黑板上用圆圈表示我们大的过错，用十字表示我们小的过错。黑板左边的角落是我们被罚跪的地方。

这个角落令我终生难忘！我记得那个炉门、炉门上的通风口，以及转动它时发出的响声。有时，我跪着，跪着，觉得腰酸背痛，心里想：“卡尔·伊凡内奇把我给忘了，他准是舒舒服服坐在柔软的安乐椅上，读他的《流体静力学》，可是我呢？”为了使他想到我，我就轻轻地把炉门打开又关上，或者从墙上挖下一块灰泥，但要是有块太大的灰泥嘭的一声落到地上，我心里那份害怕呀，真是比什么惩罚都难受。我回头望望卡尔·伊凡内奇，可他依旧捧着书在那里读，仿佛什么也没有察觉。

房间中央摆着一张桌子，桌上铺着一块黑色破漆布，窟窿里许多地方露出被铅笔刀划出道道的桌子边缘。桌子周围放着几张凳子，凳子没有漆过，但因为使用久了磨得发亮。剩下的一面墙上有三扇小窗，窗外的景色是这样的：正前方有一条大路，路上每个坑洼、每颗石子、每条车辙都是我早就熟悉和感到亲切的；过了大路就是一条修剪得整整齐齐的菩提树林荫道，透过林荫道可以隐约看

---

① 原文是德语。

见几处篱笆，林荫道之后有一片草地，草地一边是打谷场，另一边是树林，树林深处有看林人的小屋。从窗口向右望，可以看见凉台一角，午饭前大人们常坐在那里。当卡尔·伊凡内奇批改听写卷子的时候，我常常往那里看，我能看见妈妈的黑头发和谁的脊背，并隐约听见那里的谈话和笑声。我不能到那里去，总感到很气恼，心里想："我几时才能长大，不再念书，不再死读《会话课本》，而同我喜欢的人坐在一起呢？"气恼变成悲伤，天知道我怎么会这样想得出了神，连卡尔·伊凡内奇发现卷子上的错误发脾气我都没有听见。

卡尔·伊凡内奇脱下睡袍，穿上他那件肩上有垫肩和打褶的藏青燕尾服，在镜子前理好领带，这才领着我们下楼去向妈妈请安。

第二章

妈妈

妈妈坐在客厅里斟茶。她一手扶着茶壶，一手按着茶炊龙头，龙头里的水流出来漫过茶壶口，溢到托盘里。尽管她目不转睛地望着，却没有发现这情况，也没有发现我们进去。

当我们竭力回忆亲人的相貌时，许多往事就会涌上心头，通过这种回忆，就像通过眼泪一样，看到的形象往往模糊不清。这是含泪的回忆。当我竭力回忆妈妈当年的音容笑貌时，我只能看到她那双永远流露着慈爱的棕色眼睛、她脖子上那颗生在鬈曲短发下的黑痣、她那雪白的绣花衣领、她那常常爱抚我并让我亲吻的细嫩的手，但我无法在头脑里再现她的整个神态。

沙发左边摆着一架古老的英国三角钢琴，钢琴前面坐着我那个皮肤黑黑的姐姐柳波奇卡，她那双刚在冷水里洗过的红红的小手紧张地弹着克莱曼蒂[1]练习曲。她那时才十一岁，穿一件短短的麻布连衣裙、一条镶花边的雪白长裤，还只能用琶音[2]弹八度音。她旁边侧坐着玛丽雅・伊凡诺夫娜。玛丽雅・伊凡诺夫娜头戴有红缎带的睡帽，身穿天蓝色短袄，脸色通红，怒容满面。卡尔・伊凡内奇一进来，她的脸色就更加严峻。她严厉地对他望望，也不还礼，仍用脚踏着拍子，声音更响更严厉地数着："一，二，三；一，二，三。"

卡尔・伊凡内奇对此毫不介意，还是照例按德国人的礼节走到妈妈跟前吻她的小手。她醒悟过来，摇摇头，仿佛想甩掉愁思，把手伸给卡尔・伊凡内奇，并在他吻手的时候，吻了吻他那皱纹密布的鬓角。

"谢谢您，亲爱的卡尔・伊凡内奇。"她接着用德语问道："孩子们睡得好吗？"

卡尔・伊凡内奇的一只耳朵本来就聋，此刻在钢琴声中更是什么也听不见。他向沙发弯下腰，一手撑着桌子，单腿站着，带着当时我觉得极文雅的笑容掀了掀头上的帽子说：

"纳塔丽雅・尼古拉耶夫娜，您能原谅我吗？"

卡尔・伊凡内奇害怕秃头着凉，总是不摘掉他那顶小红帽，但每次走进客厅，总要请求人家的原谅。

"戴上吧，卡尔・伊凡内奇……我问您，孩子们睡得好吗？"妈妈向他靠近一些，相当大声地说。

但他还是什么也没有听见，用小红帽盖住秃头，笑得更和蔼可亲了。

---

① 克莱曼蒂（1752—1832），意大利作曲家和钢琴家。

② 原文是意大利语，琶音指顺序奏出和弦中各个音。

“您停一停，咪咪[1]，”妈妈含笑对玛丽雅·伊凡诺夫娜说，“什么也听不见。”

妈妈的相貌本来就很美，她一笑，就更加迷人，仿佛周围一切也都显得喜气洋洋。在生活最痛苦的时刻，只要看一眼她的笑容，我就不知道什么叫悲哀了。我觉得相貌美不美就在于一笑：如果一笑能增添魅力，这脸就是美的；如果一笑不能改变相貌，这脸就平平常常；如果一笑损害了相貌，这脸就是难看的。

妈妈同我打过招呼后，双手托起我的头，注视着我的眼睛说：

“你今天哭过啦？”

我没有回答。她吻吻我的眼睛，又用德语问道：

“你哭什么呀？”

她同我们亲切交谈时，总是用她精通的德语说话。

“我做梦哭了，妈妈。”我说。我一想到虚构的噩梦细节，不禁浑身哆嗦。

卡尔·伊凡内奇证实我的话，但只字不提梦里的事。大家又谈到天气，咪咪也参加谈话。然后妈妈拿了六块糖放在托盘里送给几个受尊敬的老家人，自己站起身，走到窗口的绣架旁。

“好，孩子们，现在你们到爸爸那儿去，叫他去打谷场前务必先到我这儿来一下。”

又是音乐，数拍子，又是严厉的目光。我们就到爸爸那儿去。我们穿过从祖父时代起就称作男仆室的房间，走进书房。

① 咪咪是玛丽雅的法文小名。

第三章

爸爸

爸爸站在写字台旁，指着一些信封、文件和几扎钞票，情绪激动，生气地对管家雅可夫·米哈伊洛夫说着什么。管家站在他站惯的房门和晴雨表之间，把双手放在背后，手指迅速乱动着。

爸爸越是激动，管家的手指就动得越快；反过来，爸爸不做声，管家的手指也就不动了。但雅可夫自己说话的时候，手指就上下左右拼命乱动。从他手指的动作上，我觉得可以猜透他的心思；他的神态泰然自若，说明他既意识到自己的尊严，也没有忘记是受制于人的，他仿佛在说："我是对的，但听您的便！"

爸爸看见我们，只说了一声：

"等一等，马上就好。"

接着他用头示意，要我们哪一个把门关上。

"唉，老天爷！你今天是怎么了，雅可夫？"他耸耸一边的肩膀（他有这个习惯），继续对管家说，"这个装着八百卢布的信封……"

雅可夫拉近算盘，拨了个八百，目光茫然地等着下文。

"……我出门后用作家里开销。你明白吗？你从磨坊那里可以收一千卢布……对不对？你从国库可以收回八千卢布押金；干草，照你估计可以卖七千普特，每普特算它四十五戈比，你就可以收到三千卢布；这样，你总共可以收到多少钱？一万二千卢布……对不对？"

"对，老爷。"雅可夫说。

但从他手指乱动上我看出他要提出不同意见，但爸爸打断他

的话：

“好吧，你要从这些钱里替彼得罗夫斯科耶付一万卢布给委员会。账房里存的钱，”爸爸继续说（雅可夫抹掉原来的一万二千，打上二万一千），“现在你去给我拿来，就付今天的账（雅可夫抹掉算盘珠，把算盘翻过来，显然表示那二万一千卢布也没有了）。这封信你替我转给收件人。”

我就站在桌子附近，瞟了一眼信封上的字，只见上面写着：“卡尔·伊凡内奇收。”

爸爸大概发现我看了不该看的东西，把手放在我的肩上，轻轻把我从桌旁推开。我不知道他这是对我的爱抚还是责备，但不管怎样我还是吻了吻那只搭在我肩上的青筋毕露的大手。

“是，老爷，”雅可夫说，“关于哈巴罗夫卡那笔钱您有什么吩咐？”

哈巴罗夫卡是妈妈的庄园。

“存在账房里，没有我的吩咐绝对不准动用。”

雅可夫沉默了几秒钟，接着，他的手指更快地动起来。他一改听主人吩咐时那种呆头呆脑、唯命是从的样子，又露出他那老奸巨猾的神气，把算盘往跟前一拉，说：

“请允许我向您禀告，彼得·亚历山德雷奇，不论您高兴怎样，委员会那笔钱是不可能如期付清的。您老爷说，”他有板有眼地继续说，“我们可以从押金、磨坊、干草上收钱……（他说着这些项目，在算盘上打出数字）但我怕我们算错了。”他沉默了一会儿，意味深长地瞧了爸爸一眼。

“为什么？”

“你瞧，关于磨坊的事，磨坊老板已来找过我两次，要求延期付款，赌咒发誓，说他没有钱……他现在就在这儿，您愿不愿意当

面同他谈谈？”

“他会说什么吗？他会说生意一点也没有，他仅有的几个钱都用在水坝上了。老爷，如果我们把他撤职，那又有什么好处呢？至于说到押金，我好像已向您报告过，我们的钱投到那里，是不可能很快就收回来的。前几天，我往城里给伊凡·阿法纳西奇运去一车面粉，顺便问起这件事，可他老人家回答的还是那一套，说什么他很愿意为彼得·亚历山德雷奇效劳，但他做不了主，由此看来，再过两个月，您也未必能收到这笔款子。至于您说到的干草，假定可以卖三千卢布……”

他把算盘珠拨上三千，停了停，一会儿望望算盘，一会儿望望爸爸的眼睛，那副神气仿佛说：“您自己瞧，这数目太少了！要是现在我们把干草卖出去，还得亏本，这您明白……”

看来他还有一大堆理由，因此爸爸没让他再说下去。

“我不改变主意，”爸爸说，“但如果这些款子确实要拖延一阵才能收到，那也没有办法，只能动用哈巴罗夫卡那笔钱了。”

“是，老爷。”

从雅可夫的脸色和手指动作上可以看出，最后这个吩咐使他感到很满意。

雅可夫原是个农奴，对主人忠心耿耿，做事十分卖力。他像一般好管家那样，替主人精打细算，对主人的利益抱有古怪的看法。他总是千方百计损害女主人的财产以增添男主人的财产，因此竭力证明，非动用女主人庄园的全部收入来贴补彼得罗夫斯科耶（我们居住的村庄）不可。此刻他得意洋洋，因为在这方面完全如愿以偿。

爸爸跟我们打过招呼后说，我们在乡下玩得也够了，我们不再是孩子，应该好好念书了。

“我想你们已经知道，我今晚要去莫斯科，要把你们带去，”他说，“你们将住在外婆家，妈妈跟女孩子留在这儿。你们要知道，只要听到你们学习成绩优良，大家对你们满意，妈妈就会感到欣慰。”

尽管这几天我们已有所准备，料到会发生什么不寻常的事，这个消息还是使我们大吃一惊。伏洛嘉脸涨得通红，声音哆嗦地传达了妈妈让他捎的话。

“原来我的梦预兆的是这么一回事！”我想，“但愿不要再发生什么更糟的事。”

我非常、非常舍不得妈妈，但一想到我们已经长大，心里感到很高兴。

“如果我们今天就走，那就一定不会上课了。这太妙了！”我想，“但我很舍不得卡尔·伊凡内奇。他准被辞退了，要不然也不会给他准备那个信封……最好一直在家里念书，永远不走，不离开妈妈，不让卡尔·伊凡内奇伤心。他本来就够不幸的了！”

这些思想在我头脑里掠过。我一动不动，凝视着我鞋子上的黑色花结。

爸爸跟卡尔·伊凡内奇又谈了几句晴雨表下降的事，还吩咐雅可夫不要喂狗，好在吃过午饭、临走前试一试小猎狗。随后出乎我的意料，他竟要我们去上课，但又安慰我们说，要带我们去打猎。

我上楼时顺便到凉台上看一看。爸爸心爱的老猎狗米尔卡正眯缝着眼睛躺在门口晒太阳。

“米尔卡，”我抚摩着它，吻着它的嘴脸说，“我们今天就要走了。别了！我们再也见不到了。”

我大动感情，哭了起来。

第四章

上课

卡尔·伊凡内奇心情很不好。这从他紧锁双眉，从他把礼服扔进五斗柜，怒气冲冲地束紧腰带，用指甲使劲在书上标明要我们背诵的段落等动作上都可以看出。伏洛嘉学习得很认真，我却心烦意乱，什么事也做不成。我茫然地望着会话课本，但一想到眼前的离别，不禁热泪盈眶，再也读不下去。轮到我给卡尔·伊凡内奇读那段会话，他眯缝着眼睛听着我读（这是一种不好的兆头）。读到一个人说“您从哪儿来”另一个回答说“我从咖啡馆来”时，我再也忍不住而失声痛哭，说不出下面一句：“您没有看过报吗？”[①]上书法课时，我的眼泪落在纸上，墨水洇开来，就像用水写在包装纸上似的。

卡尔·伊凡内奇很生气，罚我下跪，骂我脾气倔，装腔作势（这是他的口头禅）。他拿戒尺威吓我，要我讨饶，我却因不断抽噎，说不出话来。最后，他大概觉得自己这样做不好，就走进尼古拉的房间，砰的一声关上门。

从教室里可以听见下房里的谈话。

“孩子们要去莫斯科。你听说了吗，尼古拉？”卡尔·伊凡内奇走进屋里说。

“是啊，听说了。”

尼古拉准是想站起来，因为卡尔·伊凡内奇说：“坐着吧，尼古拉！”说着他就把门关上。我离开墙角，走到门边偷听。

“不论你替人家做了多少好事，不论你怎样忠心耿耿，也别

---

① 这句话原文是德语。

指望人家感激你。你说是吗，尼古拉？”卡尔·伊凡内奇不胜感慨地说。

尼古拉坐在窗口补靴子，点点头回答。

“我在这个家里生活了十二年，我可以对上帝起誓，尼古拉。”

卡尔·伊凡内奇继续说，眼睛望着天花板，高高地举起鼻烟壶，“我爱护他们，照顾他们，超过自己的孩子。你记得吗？尼古拉，伏洛嘉那次发高烧，我九天九夜坐在他床边没有合过眼。是啊！那时我卡尔·伊凡内奇是个亲爱的好人，那时他们用得着我，可现在呢？”

他带着调侃的语气微笑着，“如今孩子们长大了，他们要认真学习了，仿佛他们在这儿没学习似的，尼古拉，你说呢？”

“好像还得学习。”尼古拉放下锥子，双手拉着麻绳说。

“是的，现在用不着我了，要把我赶走了，答应过的话到哪里去了？哪里有一点感激的意思？我敬爱纳塔丽雅·尼古拉耶夫娜，尼古拉，”他一只手按着胸口说，“但她又怎样呢？……在这个家里，她的主意就是这么一回事。”

他说着富有表情地把一小块碎皮子扔到地上。

“我知道这是谁出的鬼主意，为什么不要我了：因为我不会像有些人那样奉承拍马，随声附和。我一向对谁都说实话，”他傲然地说，“让他们去吧！我不在，他们也不会发财。我呢，上帝保佑，总能找到一口饭吃的……是不是，尼古拉？”

尼古拉抬起头来，望望卡尔·伊凡内奇，似乎想证实他是不是真的能找到一口饭吃，但他什么话也没有说。

卡尔·伊凡内奇又这样说了好一阵。他谈到他以前住在某将军家里，他们很赏识他的能力（我听到这里，心里很难过），谈到萨克森，谈到他的父母，谈到他的朋友桑海特裁缝，等等。

我很同情卡尔·伊凡内奇的悲伤。我对父亲和对卡尔·伊凡内

奇几乎同样敬爱，一想到他们相互不能理解，就感到很难过。我回到角落，跪在地上，考虑怎样使他们言归于好。

卡尔·伊凡内奇回到教室，吩咐我站起来，准备好听写的练习簿。

等一切都准备好了，他就威严地坐到安乐椅上，用一种发自胸腔的声音口授："一切缺点中最可怕的是……写好了吗？"[①]他停了一停，慢吞吞地吸了一撮鼻烟，打起精神，接着说："最可怕的是忘——恩——负——义……第一个字母大写。"[②]我写好最后一个字，望了他一眼，等他往下说。

"句号。"[③]他含着一丝隐约的微笑，示意要我们把练习簿交给他。

他抑扬顿挫地反复念着这句格言，得意洋洋地表达着他的心情。然后坐到窗口给我们上历史课。他的脸色已不像原来那样忧郁，显出一个人在受侮辱出了气后的轻快神态。

已是一点差一刻了，但卡尔·伊凡内奇仿佛还不想放我们走，他接连不断地给我们上新课。无聊和食欲以同样的速度增长着。我迫不及待地注意着快吃午饭的种种迹象。一会儿听见女仆拿着擦子去洗盘子；一会儿听见饭厅里食具叮当作响，以及搬桌子和椅子的声音；一会儿听见咪咪、柳波奇卡和卡金卡（卡金卡是咪咪的女儿，今年十二岁）从花园进来，但没有看见管家福卡，平时每次开饭总是由他宣布的。只有他一来，我们才可以抛下书本，不管卡尔·伊凡内奇，跑下楼去。

这时楼梯上传来了脚步声，但这不是福卡！我熟悉他的脚步声，总能听出他靴子的吱咯声。门开了。门口出现了一个我完全不认识的人。

---

① 这句话原文是德语。
② 原文是德语。
③ 原文是德语。

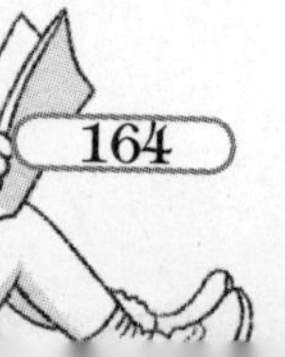

第五章

疯修士

屋里进来一个人，五十岁光景，长脸盘，脸色苍白，满脸麻子，留着长长的白发和稀疏的红棕色胡子。他身材非常高大，进门不但要低下头，连整个身子都得弯下来。他穿着一件破衣，又像农民的长袍，又像神父的内长衣；手里拄着一根大拐杖。他走进屋来，拼命用拐杖敲着地板，扬起眉毛，嘴张得老大，非常可怕、非常不自然地哈哈大笑。他瞎了一只眼睛，这只眼睛的眼白不住地乱转，使他那本来就很丑的脸显得格外可憎。

“啊哈！捉住了！”他叫道，小步跑到伏洛嘉跟前，抱住他的头，仔细察看他的头顶，然后神态严肃地离开他，走到桌旁，往漆布下吹气，又在上面画十字。“哦，真可怜！哦，真难过！……小宝贝们……要飞走了。”他用悲伤得发抖的声音说，感伤地望着伏洛嘉，用袖子擦擦掉下来的眼泪。

他的声音沙哑粗野，动作慌张冲动，说话前言不搭后语（他从不用代词），但语调昂扬动听，焦黄的丑脸上有时露出不加掩饰的悲哀神色。听他讲话，不能不使人产生又是惋惜、又是恐惧、又是感伤的复杂情绪。

他就是疯修士，云游僧格里沙。

他从哪儿来？他的父母是谁？什么原因促使他过云游生活？

谁也不知道。我只知道他从十五岁起就成了众所周知的疯修士，一年四季，不论冬夏，他都赤脚走路，朝拜修道院，把小圣像送给他喜爱的人，说些古怪难懂的话，有人就把这些话看做预言。他从来就是这个样子，有时他去我外婆家。有人说他是有钱人家的不幸子弟，天性纯洁，又有人说他是庄稼汉，懒鬼。

我们期待已久的严守时刻的福卡终于出现了，我们就下楼去。格里沙一面哭，一面继续语无伦次地说话，跟在我们后面，用拐杖敲着楼梯。爸爸和妈妈手挽着手在客厅里踱来踱去，低声交谈着。玛丽雅·伊凡诺夫娜正襟危坐在跟长沙发摆成直角的单人沙发上，严厉但压低声音教训着坐在旁边的姑娘们。卡尔·伊凡内奇一走进去，她瞅了他一眼，立刻转过身去，脸上的表情仿佛在说："我没注意您，卡尔·伊凡内奇。"从姑娘们的眼色中可以看出，她们急于要告诉我们一个重大消息，但要是离开座位走到我们跟前，那是违反咪咪的规矩的，我们得先走到她跟前，说一声，"您好，咪咪！"立正行个礼，然后才能加入谈话。

咪咪可真是个讨厌的女人！在她面前总是什么话也不能说，什么事她都认为不成体统。此外，她总是喋喋不休地要我们"讲法语"，但当时我们有意跟她为难，偏偏讲俄语。要不就是在吃饭的时候，你刚吃到一样可口的菜，希望没有人来打扰你，可她少不了要说"就着面包吃"，或者"你这是怎么拿叉子的？"我就想："她跟我们有什么相干！让她去教教她那些女孩子好了，我们有卡尔·伊凡内奇。"我像他一样对有些人非常憎恨。

"去求求妈妈，让他们带我们去打猎。"当大人们领头到餐厅去的时候，卡金卡拉拉我的短袄，低声说。

"好的，让我们试试。"

格里沙在餐厅里吃饭，但单独在一张小桌旁，他眼睛盯住盘子，偶尔叹一口气，做着可怕的鬼脸，仿佛自言自语地说："真可怜！……飞了……鸽子飞上天……唉，坟上有块石头！……"以及诸如此类的话。

妈妈从早晨起就心情不佳。格里沙的到来，他的语言和行动显然使她更加心烦意乱。

“对了，我还有一件事忘记求你。”她把汤盆递给父亲，说。

“什么事？”

“请你叫人把你那几条恶狗锁起来。你瞧，格里沙刚才走过院子，它们险些把这个可怜的人咬伤。再说，它们也可能咬孩子们的。”

格里沙听见人家谈到他，就向餐桌转过身来，让人家看到他那件破衣服的前襟，一面咀嚼，一面说：

“他想把我咬死……但上帝不允许。纵狗伤人是罪孽！罪孽深重！别伤人，当家的[①]，为什么要伤人？上帝饶恕……世道不同了。”

“他这是在说什么呀？”爸爸问，眼睛严厉地盯着他，“我一点也不明白。”

“我可明白，”妈妈回答说，“他告诉过我，有个猎人故意纵狗咬他，所以他说：‘他想把我咬死，但上帝不允许。’他求你别处罚那个猎人。”

“噢！原来如此！”爸爸说，“他怎么知道我要处罚那个猎人呢？你也知道，我一向不太喜欢这些先生。”他接着用法语说：“但这一个我特别讨厌，想来……”

“哦，你别这样说，我的朋友，”妈妈仿佛大吃一惊，打断爸爸的话说，“你是怎么知道的？”

“我似乎有机会研究过这一类人，他们之中来拜访你的可真不少，都是一个模样。说来说去总是那一套……”

在这件事上妈妈显然有完全不同的看法，但她不愿争论。

“请给我一个油炸包子，”她说，“今天包子好不好吃？”

---

① 他对所有的男人都这样称呼。——托尔斯泰

"不，我很生气，"爸爸接着说，他拿起一个包子，但离得远远的，妈妈根本够不着，"不，我看见聪明而又有教养的人受骗上当，我就很生气。"

他说着用叉子敲敲桌子。

"我请你给我一个包子！"妈妈伸出手又说。

"把这帮人关到警察局去才好！"爸爸移开手，接着说，"他们的功劳就是使本来神经衰弱的女人更加烦躁。"他含笑添了一句，发现妈妈不喜欢这场谈话，就把包子递给她。

"这方面我只有一点要对你说：一个人尽管已经六十岁，冬冬夏夏都光着脚走路，脚上还要戴两普特[1]重的铁链，坚决拒绝人家向他提供的舒适生活。我们很难相信，这种人只是出于懒惰才这样做。至于说到预言，"她顿了顿，叹了一口气又说，"我不是无缘无故相信他们的，我好像对你说过，基留沙曾经向爸爸预言他将在哪天、哪个时辰去世。"

"啊，你这是要拿我怎么样！"爸爸含笑说，举手从咪咪坐着的那一边捂住嘴（他这样做的时候，我总是留神听，等着他讲什么笑话），"你为什么要提到他的脚？我看了他一眼，如今可什么也吃不下。"

午饭快结束了。柳波奇卡和卡金卡频频向我使眼色，坐在椅子上扭动身子，显得十分不安。她们的眼色表示："你们怎么不要求带我们去打猎？"我用臂肘推推伏洛嘉，伏洛嘉推推我，最后他打定主意，先是怯生生地，然后坚决地大声说，我们今晚就要走了，因此很想带姑娘们一起坐马车去打猎。大人们商量了一下，就答应了我们的要求，尤其使我们高兴的是，妈妈说她也跟我们一起去。

---

① 1普特合16.38千克。

第六章

准备打猎

吃点心的时候，爸爸把雅可夫叫来，吩咐他准备马车、猎狗和坐骑，吩咐得很详细，点了每匹马的名字。伏洛嘉的马瘸了，爸爸吩咐给他备一匹猎马。“猎马”这个名词妈妈觉得很刺耳，她认为猎马一定有点像疯狂的野兽，它准会把伏洛嘉摔死。不论爸爸和妈妈怎么劝慰，伏洛嘉还是好强地说，这没有关系，他最爱骑马奔驰，可怜的妈妈还是一再说，我们打猎时她会一直提心吊胆的。

吃完午饭，大人们到书房里去喝咖啡，我们就跑到花园里，一面飒飒地踩着黄叶满地的小径，一面谈着话。我们谈到伏洛嘉骑猎马，谈到柳波奇卡跑得没有卡金卡快太丢脸，还谈到要是能看看格里沙的铁链一定很有趣，等等，但只字不提我们将要分手的事。一辆马车驶过来，把我们的谈话打断了，车上每个弹簧座上都坐着一个农奴的孩子。马车后面是骑着马、带着狗的猎人们，猎人后面是车夫伊格纳特。伊格纳特骑着准备给伏洛嘉骑的那匹马，牵着我的老马。开头我们都向篱笆跑去，从篱笆那儿我们可以看见这些有趣的景象；接着我们尖叫着跑上楼去换衣服，尽量把自己打扮得像个猎人。最主要的方法就是把裤脚塞在靴子里。我们动作敏捷，毫不拖拉，急着想跑到台阶上去欣赏猎狗和马，并同猎人交谈。

天气很热。形状古怪的阴云一早就出现在天边，后来被微风吹得越来越近。偶尔把太阳都遮没了。不过，不管阴云多浓，也不会有雷雨，都不会影响我们最后一次打猎的兴致。傍晚，阴云又消散了，有的颜色变淡，有的形状拉长，向天边飘去；有的就在我们头上，变成透明的白色鳞片，只有东方停留着一大片乌云。卡尔·伊凡内奇一向懂得乌云的去向，他说这片乌云是向马斯洛夫卡飘去

的，不会下雨，准是个好天气。

福卡虽然上了年纪，却轻快地跑下楼来，嘴里叫着："赶过来！"接着就叉开两腿稳稳地站在大门口，也就是车夫停车和门槛之间的地方，还摆了一副熟练的姿态，表示他的职责无须别人提醒。太太小姐们走下楼来，稍稍商量了一下谁坐在哪边，抓住什么人（虽然我觉得根本无须抓住别人），然后坐上车，打开阳伞，马车就起步了。等马车一动，妈妈指着"猎马"，声音哆嗦地问车夫：

"这就是给伏洛嘉少爷准备的马吗？"

车夫回答说是，她就摆摆手，转过身来。我迫不及待地跨上马，伏下身子，就在院子里表演起各种马术来。

"当心别把狗踩死了。"有个猎人对我说。

"你放心，我又不是头一次骑马。"我傲然回答。

伏洛嘉骑上"猎马"，尽管他个性刚强，也不免有些胆怯。他抚摸着马，一再问：

"它老实吗？"

伏洛嘉骑马的姿势很好看，就像大人一样。他那穿着马裤的腿骑在马鞍上显得特别好看，使我不由得好生嫉妒，尤其因为我从自己的影子看出，我的姿势远不如他潇洒。

这时响起了爸爸下楼的声音。管猎狗的人把四散的猎狗赶拢来；带狼狗的猎人把各自的狼狗唤到跟前，自己骑上马。马夫把一匹马牵到台阶前，爸爸的那群猎狗，原来都姿势各异地卧在台阶前，这时一齐向他奔来。米尔卡戴着珠项圈，铃铛叮当作响，跟着爸爸快乐地跑出来。它出来总要同猎狗打招呼，同有些狗玩玩，同另一些狗互相嗅嗅鼻子，吠叫一声，再在另一些狗身上捉捉跳蚤。

爸爸骑上马，我们就出发了。

第七章

打猎

那个绰号叫“土耳其人”的猎人，头戴毛茸茸的帽子，肩背大号角，腰里插着猎刀，骑一匹青灰色钩鼻马，一路领先。他那副阴沉凶狠的相貌使人觉得他不是去打猎，而是去同谁决一死战。在他那匹坐骑的后腿周围，一大群品种不同的猎狗东西乱跑。看到那只不幸掉队的狗，不禁令人替它的命运担心。它必须竭尽全力才能拖住和它系在一起的同伴。当它做到这一点时，后面一个管猎狗的人就会给它一个长鞭，喝令它“归队”！出了大门，爸爸就吩咐猎人和我们走大路，自己却向黑麦田走去。

正是麦收的大忙时节。一望无际的金黄色田野，只有一边同高高的蓝色树林相接。那片树林，当时我觉得是个遥远而神秘的地方，再过去不是世界的尽头，就是荒无人烟的国度。田野上到处都是麦垛和农民。稠密高大的黑麦中间，在一块割去麦子的地方，有个女人弯着腰，一抓住麦秆，麦穗就摆动起来；另外一个女人在阴凉处俯身在摇篮上，还有一束束黑麦散在长满矢车菊的麦茬地上。另一边，男人们只穿一件衬衫站在大车上，堆着麦捆，在干燥炎热的田野上扬起灰尘。村长脚穿靴子，身披粗呢外套，手里拿着记工的筹码，老远看见爸爸，就摘下羔皮帽，用毛巾擦擦红头发和胡子，同时对妇女们吆喝。爸爸骑的那匹红棕马轻快地走着，偶尔垂下头，绷紧缰绳，用蓬松的尾巴拂去贪婪地叮在它身上的牛虻和马蝇。两条狼狗紧张地卷起像镰刀一样的尾巴，跟在马后面，高抬起脚，在高高的麦茬地上姿势优美地往前跳去。米尔卡跑在前面，昂起头，等待着野味。农民的谈话声，马蹄的嘚嘚声，马车的辘辘声，鹌鹑的快乐啼声，盘旋在空中的昆虫的嗡嗡声，苦艾、干草和

马汗的气味，炎热的阳光在淡黄色的麦茬、远处蓝色的树林和淡紫色云片上撒下万般色彩和明暗色调，白色的蛛丝飘浮在空中或者漂在麦茬上，这一切我都看见，我都听到，我都闻到。

我们骑马来到卡里诺夫树林，发现我们的马车已在那里，我们完全没有想到还有一辆单马拉的大车，车上坐着司膳。干草下面露出一个茶炊、一只冰淇淋桶和几个诱人的包裹和盒子。毫无疑问，大家将在空气清新的野外吃茶点，包括冰淇淋和水果。我们一看见大车，就高兴得狂叫，因为在这种树林里的草地上，在这从来没有人吃过茶点的地方吃茶点真是一大乐事。

“土耳其人”骑马走近猎场，停下来，留心听爸爸的详细指示，怎样看齐，往哪儿冲，等等（不过他从不考虑这些指示，总是按照自已的意思去做）。他解开猎狗的皮带，不慌不忙地把它们绑在鞍座后面，骑上马，吹着口哨隐没在小桦树林里。那群解开皮带的狗，先摇摇尾巴表示高兴，然后身子一抖振作起精神，嗅了嗅，摇了摇尾巴，敏捷地小步向四面跑去。

“你带手帕了吗？”爸爸问我。

我从口袋里掏出手帕给他看。

“好，你就用这块手帕绑住那条灰狗……”

“绑住热兰吗？”我现出懂行的语气问。

“是的，沿着大路跑。跑到树林中那块空地上停下来。注意，打不到兔子别来见我。”

我把手帕绑在热兰毛茸茸的脖子上。一个劲儿地朝指定的地点冲去。爸爸笑了，在我后面叫道：

“快一点，快一点，不然就赶不上了！”

热兰不时停下来，竖起耳朵，倾听猎人们的吆喝声。我的力气不够，拖不动它，只能对它吆喝：“快追！快追！”于是热兰往

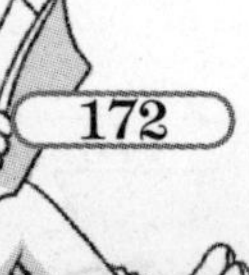

前猛冲，我好容易才把它拉住。在到达指定地点之前，我摔了好几跤。我在一棵高大的栎树下挑了个阴凉而平坦的地方，躺在草地上，让热兰留在我身边，开始等待。在这种场合，我的想象总是远远跑在现实前面。当树林里传出第一只猎狗的吠声时，我已在想象纵犬追三只兔子的情景了。“土耳其人”的声音在树林里传播得越发响亮，越发有劲。一条猎狗尖叫起来，接着它的叫声越来越频繁，另外一条狗声音低沉地附和它，接着是第三条、第四条……这些叫声时而停止，时而又争先恐后地响起来。声音逐渐增强，连续不断，最后汇合成一片轰响，嘈杂的喧闹。正是：猎场震天响，猎狗齐声吠。

听见这片响声，我呆若木鸡，一动不动。我盯住树林边缘，茫然地微笑着。我脸上汗流如注，汗水沿着下巴流下来，怪痒痒的，但我没有去擦。我觉得这真是关键时刻啊！这种紧张的局面要是持续很久，那可真是要命。那群猎狗时而在树林边缘狂吠，时而渐渐离开我，可是不见一只兔子。我向四下里张望。热兰也是这样：它先是拼命挣扎，狂叫，然后在我身边躺下，把头枕在我的膝盖上，这才安静下来。

我坐在一棵栎树下。在这棵栎树光秃秃的树根周围，在干燥的灰色土地上，在栎树的枯叶、栎实、披着苔藓的干枝、黄绿色苔藓和间或冒出嫩芽的青草上，到处都爬满蚂蚁。这些蚂蚁在它们开辟的小径上奔走忙碌，有些负着重荷，有些空着身子。我拾起一根树枝，挡住它们的去路。真有趣，有些不怕危险，从树枝下面爬过去；有些从上面爬过去，但有些，特别是那些负着重物的，心慌意乱，不知道该怎么办，它们停下来找寻道路，或者退回去，再不然就是顺着树枝爬到我的手上，看样子要一直爬到上衣袖子里去。这时，一只非常迷人的黄蝴蝶在我面前飞舞，把我的注意力从蚂蚁身

上吸引过去。我刚注意它，它就飞离我有两三步远，在一朵快凋谢的白色野苜蓿花上飞了几圈，然后落在上面。我不知道它是被阳光晒暖了呢，还是吸收了苜蓿花汁，因此显得非常精神。它偶尔鼓动一下小翅膀，紧偎着那朵花，最后一动不动了。我双手托着头，津津有味地瞧着它。

突然热兰吠叫起来，猛地往前一冲，险些儿把我摔倒。我回头一看，一只野兔在树林边上跳跃，它的一只耳朵垂下，一只耳朵竖起。热血涌上我的头脑，刹那间我忘了一切，我狂叫起来，松了狗，纵身跑去。但我刚这样做，就后悔了，因为那兔子蹲下身子往前一纵，我就再也看不见它了。

当“土耳其人”跟着猎狗从林中来到林边的时候，我真是羞愧极了！他看见我犯了过错（就是我沉不住气），轻蔑地瞪了我一眼，只说了一声：“唉，少爷！”但他那种语气可真叫人受不了！他就是把我像兔子那样吊在马鞍上，我也要好受些。我心灰意懒地在那里站了好半天，没有唤狗，只是拍着大腿一再说：

“天哪，我这是干了什么啦！”

我听见那群猎狗往前跑去，猎场另一边发出枪声，打中了一只兔子，“土耳其人”吹着号角唤狗，而我则留在原地一动不动……

第八章

游戏

打猎结束了。我们在小桦树的树阴下铺了一块毯子，大家围成一圈坐在毯子上。司膳加夫里洛踩平了周围鲜嫩的青草，擦着盘子，从盒子里取出用树叶包着的李子和桃子。阳光漏过小桦树的绿色枝叶，在地毯的花纹上、我的腿上甚至加夫里洛出汗的秃顶上投下颤动的光点。微风吹过树叶，吹拂着我的头发和出汗的脸，使我感到非常凉爽。

我们吃完冰淇淋和水果，坐在地毯上没事可做，尽管阳光还很灼人，我们都站起来做游戏。

“喂，玩什么呢？”柳波奇卡被阳光照得眯缝着眼睛，在草地上跳跳蹦蹦，说：“我们来玩鲁滨逊吧！”

“不……没意思，”伏洛嘉说着，懒洋洋地倒在草地上，嘴里嚼着草叶。“老是玩鲁滨逊！如果一定要玩，那还不如搭亭子。”

伏洛嘉分明是在摆架子，他一定是因骑过猎马而骄傲，装出很累的样子。也许是他这人太理智，太缺乏想象力，因此不喜欢玩鲁滨逊。这种游戏是表演《瑞士鲁滨逊》[1]中的一些故事，这本书我们不久前才读过。

“喂，来吧……你为什么要使我们扫兴呢？”姑娘们缠着他不放，“你可以扮查尔斯，或者欧内斯特，或者父亲，你要扮谁就扮谁，好吗？”卡金卡说，抓住伏洛嘉的衣袖，竭力要把他从地上拉起来。

“真的不要，没意思！”伏洛嘉说。他伸着懒腰，同时露出自负的微笑。

“如果谁也不愿玩，那还不如坐在家里好。”柳波奇卡眼泪汪汪地说。

她是个很会哭的姑娘。

“好，来吧，只是你千万不要哭，我最受不了你哭！”

伏洛嘉那种勉强迁就的态度并没有使我们感到快乐，而他那副懒洋洋没精打采的神气更是破坏了游戏的全部乐趣。我们坐在地上，想象着自己乘船去捕鱼，拼命使劲划桨，可是伏洛嘉却坐在一

---

①《瑞士鲁滨逊》是瑞士作家鲁道夫·魏斯写的一部儿童惊险小说，于1812年出版。

边袖手旁观，一点也不像渔夫。我向他指出这一点，他却回答说，不论我们怎样挥动手臂划桨，都不会有什么得失，反正我们是走不远的。我不得不同意他的意见。当我扛着一根木棍向树林走去，装作去打猎的样子，伏洛嘉却仰天躺下来，双手枕着头，对我说就算他也去打猎了好了。这样的言语和行动太不愉快，使我们大为扫兴，但我们心里不能不同意伏洛嘉的所作所为是有道理的。

我自己也知道，木棍打不死鸟，而且根本不能当枪用。这只是游戏。如果这样想，那么椅子也不能当马车。不过，我想，伏洛嘉也该记得，在漫长的冬夜里，我们曾把头巾盖在安乐椅上当马车，一个人坐在前面做车夫，另一个人站在后面当跟班，姑娘们坐在中间，三把椅子当三匹马，我们就这样驾着马车起程。一路上遇到多少有趣的事啊！那些冬夜过得多么开心，多么快啊！……如果一本正经，那就没有游戏了。如果没有游戏了，那还有什么呢？……

第九章

有点像初恋

柳波奇卡装作从树上摘下一种美国水果，她采下的一片树叶上有一条很大的毛毛虫，她吓得把它扔到地上，举起双手跳到一旁，仿佛害怕有什么东西会跳出来。游戏停下了，我们都趴在地上，头靠着头，察看这个奇怪的东西。

我从卡金卡肩上望过去，看见她把一片叶子放在毛毛虫爬行的路上，想把它捡起来。

我发觉许多姑娘都有耸肩膀的习惯，想用这种动作把滑下的开领衣裳耸回原位。我还记得咪咪看见这种动作总是很生气，说：“只有使女才这么做。”卡金卡俯身看毛毛虫，也做了这个动作，这时一阵风正好把小围巾从她白嫩的脖子上吹起来。她做这个动作

时，她的肩膀离我的嘴唇只有两指远。我不再看毛毛虫，却瞧着她的肩膀，并且使劲在上面吻了吻。卡金卡没有回头，但我发现她的脖子和耳朵都红了。伏洛嘉没有抬起头来，只轻蔑地说：

“这算是一种什么柔情呀？”

我眼眶里滚动着泪水。

我目不转睛地瞧着卡金卡。我早就熟识她那金发下白嫩的小脸蛋，总是很喜欢它，此刻我更仔细地察看着它，越发喜欢了。我们回到大人那里，使我们大为高兴的是，爸爸宣布，应妈妈的要求，我们将推迟到明天动身。

我们骑马跟着马车回家。伏洛嘉和我想在骑术和胆量上一比高低，就在马车旁大显身手。我的影子比原来长了些，由此我判断我骑马的姿势十分优美，但我这种洋洋自得的情绪很快就被下面一件事破坏了。为了很好地吸引所有坐在马车里的人，我有意稍微落后一点，然后鞭打脚踢，策马前进，摆出一副潇洒优美的姿势，想一阵风似的从卡金卡坐的马车那一边冲过去。我只是不知道，是默默地冲过去好，还是大喝一声好。可是我那匹该死的马在跑到拉车的马旁边的时候，不论我怎样努力，竟突然停住，而且停得那么突然，使我从马鞍上冲到马颈上，险些摔下去。

第十章

我父亲是个怎样的人

他是上一个世纪的人物，具有那个世纪青年所共有的性格：难以捉摸的骑士精神，精明强悍，十分自信，殷勤好客，贪恋酒色。他瞧不起我们这个世纪的人，他怀有这种情绪一方面是由于他天生骄傲，另一方面是由于他在这个世纪得不到当年的权势和成就，因而愤愤不平。他生平的两大嗜好就是打牌和女人；他一生赢过几百万卢布，同无数不同阶层的女人有过私情。

他身材魁梧，走路步子很小，姿势有点怪，喜欢耸单边肩膀，一双小眼睛总是含着笑意，一个鹰钩鼻很大，嘴唇线条不端正，仿佛总是羞怯而又很惬意地抿着，发音有点咬舌，头顶全秃——这就是我所能记忆的父亲的外表。凭着这个外表，他不仅享有名声，而且很“走运”，不论哪个阶层、什么地位的人，毫无例外都喜欢他，特别是那些他想取悦的人。

不论同什么人打交道，他总是占上风。他从来没有成为最上层人物，但他善于同这个阶层的人物交往，并因此受到尊敬。他极其骄傲和自信，但并不因此得罪别人，却在舆论中提高了自己的声誉。他有独特的见解，但并非永远如此，他利用这种特长来取得名誉地位和金银财富。世界上没有什么能使他感到惊讶：不论地位多么显赫，他都认为这是他命中注定的。他善于隐瞒和摆脱人所共知的生活中充满琐碎烦恼和悲伤的阴暗面，因而不能不使人羡慕他。他知道一切能使人舒服和快乐的事，并善于享受。他爱谈他同达官贵人的交往，这种关系部分来自母亲的亲属，部分来自年轻时的同伴，但他心里却愤愤不平，因为他们的官衔远远超过他，而他始终只是个退伍的近卫军中尉。他像一般退伍军人那样不善于打扮得很时髦，不过他的穿着还是独特而雅致。他总是穿着宽松的衣服、讲究的衬衫，带翻领和卷袖……不过，一切都适合他那魁梧的身材、强壮的体格、秃头和沉着自信的动作。他多愁善感，甚至容易掉眼泪。他大声朗诵，在读到动人的地方时，常常声音颤动，热泪盈眶，不得不感伤地放下书本。他爱好音乐，自己弹琴伴奏，唱他朋友A所作的浪漫曲，唱吉卜赛歌和歌剧中的一些曲子，但他不喜欢古典音乐；不顾舆论，公然说贝多芬的奏鸣曲使他昏昏欲睡，兴味索然；他认为再也没有比谢苗诺娃所唱的《不要唤醒我的青春》和吉卜赛女郎塔纽莎所唱的《我并不孤独》更美妙的歌曲了。他坚持好东西必须得到公众的承认。只有公众说好，他才认为是好的，至于他有没有什么道德信念，那就只有天知道。他一生吃喝玩乐，根本没有工夫考虑这种问题，再说他生活一向走运，觉得不需要什么信念。

上了年纪，他对事物形成了固定的看法和不变的准则，但一切都从实用出发。凡是能给他带来幸福或快乐的行为和生活方式，他就认为是好的，而且人人都应该照此办理。他说话引人入胜，这种本领使他的准则增添了灵活性：他可以把同一件事说成逢场作戏，也可以说成卑鄙无耻。

第十一章

书房和客厅里的活动

我们回到家里，天色已经黑了。妈妈在钢琴旁坐下，我们做孩子的则拿了纸、铅笔和颜料，在圆桌旁坐下来画图画。我只有蓝颜料，虽然如此，我还是想画打猎的场面。我画了一个穿蓝衣服、骑蓝马的男孩和一群蓝色的狗，画得很生动，但我不知道可不可以画一只蓝兔子。我就跑到书房里去问爸爸。爸爸正在看书，我问他："有没有蓝兔子？"他头也不抬就回答说："有的，好孩子，有的。"我回到圆桌旁，画了一只蓝兔子，后来又觉得应该把蓝兔子改成一丛灌木。灌木我也不喜欢，我就把它改成一棵树，又把树改成一个大干草垛，再把大干草垛改为云彩，结果整张纸都被蓝颜料涂得一塌糊涂，我气得把纸撕个粉碎，然后坐到高背安乐椅上打瞌睡。

妈妈在弹她的教师菲尔德[①]的《第二钢琴协奏曲》。我在打瞌睡，我的头脑里浮起一些轻松、快乐和明晰的回忆。她正在弹贝多芬的《悲怆奏鸣曲》，使我想起一些悲伤、压抑和凄凉的事。妈妈常弹这两支曲子，因此我清楚地记得它们在我心中唤起的情绪。这种情绪有点像怀念，但怀念什么呢？仿佛在怀念一种从未有过的事。

我面对着通向书房的门，看见雅可夫和一些穿长袍、留大胡子的人走进门去。那扇门随即关上了。我想："嘿，活动开始了！"我觉得，天下没有比书房里所做的事更重要的了。大家走近书房门口，总是压低声音说话，踮着脚尖走路，这就更加肯定了我的这种想法。书房里还传出爸爸洪亮的声音和雪茄的烟味。不知怎的，雪茄的香味总是很吸引我。在睡意蒙眬中，我突然被男仆室里一种熟悉的靴子声惊醒了。卡尔·伊凡内奇脸色阴沉而果断，手里拿着几张条子，踮着脚尖走到门口，轻轻敲了敲门。他被让进屋里，门又关上了。

"但愿不要出什么不幸的事，"我想，"卡尔·伊凡内奇怒气冲冲，什么事都做得出来……"

我又打起瞌睡来。

不过，并没有出什么不幸的事。一小时后，我又被那靴子声吵醒了。卡尔·伊凡内奇用手帕擦着眼泪（我发现他脸颊上有泪痕），从书房里走出来，嘴里嘟囔着什么，走上楼去。爸爸随着他出来，走进客厅。

"你知道我刚才做了什么决定吗？"他一只手搭在妈妈肩上，语气快乐地说。

---

① 菲尔德（1782—1837），英国作曲家，1804年至1831年侨居彼得堡，给贵族家庭教授音乐课，后在莫斯科去世。

“什么，我的朋友？”

“我要把卡尔·伊凡内奇和孩子们一起带去。马车里有位子。他们和他相处惯了，他也真舍不得他们，一年七百卢布也算不了什么，再说他实在是个好家伙。”

我怎么也弄不懂爸爸为什么要骂卡尔·伊凡内奇。[①]

“我很高兴，”妈妈说，“为孩子们高兴，也为他高兴，他是个好老头。”

“我叫他把这五百卢布作为馈赠收下，他那副感动的样子可惜你没有看到……不过，最有意思的是他给我送来的这张账单。值得看看，”他含笑说，把卡尔·伊凡内奇亲笔写的条子递给她，“真是妙极了！”

这张条子的内容如下：

给孩子们买两根钓鱼竿　　七十戈比

彩纸、金边、糨糊和木块（糊盒子做礼物用）

　　六卢布五十五戈比

书和弹弓（送孩子们的礼物）　　八卢布十六戈比

给尼古拉买裤子　　四卢布

彼德·亚历山德罗维奇答应在一八××年从莫斯科买金表一块　　一百四十卢布

除薪水外，卡尔总共应得一百五十九卢布七十九戈比

不论谁看到这张字条（上面开列卡尔·伊凡内奇要求付给他买礼物的全部费用和答应送给他的礼物），都会觉得卡尔·伊凡内奇

---

① 作者把法语的“好家伙”误听作“好鬼”，因此误认为爸爸在骂卡尔·伊凡内奇。

是个无情无义、贪得无厌的家伙，但那可错了。

他手里拿着字条，打好发言腹稿，走进书房，准备滔滔不绝地向爸爸诉说他在我家所受的种种委屈，但当他用平时给我们口授听写的动人声音和感人的语调说话时，他的口才却对他自己产生了最强烈的作用，因此一说到“离开孩子们将使我非常伤心”，他就语无伦次，声音发抖，不得不从口袋里掏出方格手帕来。

“是的，彼得·亚历山德雷奇，”他含着眼泪说（在他的腹稿里根本没有这段话），“我和孩子们相处惯了，没有他们我真不知道怎么过。我情愿不拿薪水为你们效劳。”他一边说，一只手擦着眼泪，另一只手把账单递过去。

卡尔·伊凡内奇当时说这话是出于真心，这一点我敢肯定，因为我知道他心地善良，但这张账单怎么能同他的话协调，在我却是一个谜。

“如果您觉得伤心，那么，同您分手我可觉得更伤心，”爸爸拍拍他的肩膀说，“现在我改变主意了。”

晚饭前不久，格里沙来到屋里。他一走进我们的家门就不断唉声叹气，流着眼泪。在那些相信他预言本领的人看来，我们家将遭到不幸。他来告别说，明天一早就要上船。我对伏洛嘉使了个眼色，就走出屋去。

“什么事？”

“如果你们想看看格里沙的铁链，我们这就到楼上男客房去。格里沙住第二间，我们可以舒舒服服地坐在储藏室里，什么都看得见。”

“太好了！你在这儿等着，我去叫姑娘们来。”

姑娘们跑了出来，我们就上楼去。我们争论了一番，决定谁先走进那间黑暗的储藏室，这才坐下来等待。

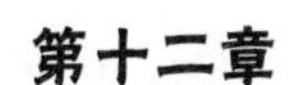

第十二章

格里沙

在黑暗中，大家都感到很害怕，我们紧紧地挤在一起，一句话也没说。格里沙几乎紧跟着我们悄悄走进来。他一手拄着拐杖，一手拿着插着蜡烛的黄铜烛台。我们都屏住呼吸。

“主耶稣基督！至圣的圣母！圣父、圣子、圣灵……”他喘着气，用各种烂熟的音调和略语念着。

他嘴里祈祷着，把拐杖放在屋角，瞧了瞧床，动手脱衣服。他解开黑色旧腰带，慢吞吞地脱掉破旧的土布上衣，仔细把它折好，搭在椅背上。此刻他的脸不像平时那样慌张和愚蠢，相反，他显得镇定沉着，若有所思，简直可以说很庄严。他的举动缓慢而稳重。

他只穿一件衬衣，慢慢在床上坐下，朝四面八方画了十字，然后吃力地（这从他皱紧的眉头上看得出来）整理了一下衬衣下的铁链。他坐了一会儿，仔细察看衬衣上的几处破洞，然后站起来，一边祷告，一边把蜡烛举到神龛那么高，龛里摆着几尊圣像，他对着圣像画了十字，就把蜡烛倒过来，让火苗往下，蜡烛爆了一下熄灭了。

一轮近乎圆满的月亮把它的光辉投进面向树林的窗子。疯修士长长的白色身体一边被银色的月光照亮，一边投下黑色的阴影：这阴影同窗框的阴影一起投到地板上、墙壁上，一直到达天花板。更夫在院子里敲着铁板。

格里沙用两只大手交叉按住胸口，垂下头，不断重重地喘着气。他默默地站在圣像前，然后费力地跪下来祈祷。

他先是轻声念着大家熟悉的祈祷文，只强调其中几个字，然后反复背诵，但声音越来越响，情绪越来越激动。接着他用自己的话

祷告，竭力用古斯拉夫语表达。他语无伦次，但音调动人。他为所有的施主（他这样称呼招待他的人）祈祷，其中包括我们的母亲和我们，他也为自己祈祷，恳求上帝饶恕他的重大罪孽，又一再说："上帝啊，饶恕我的仇敌吧！"他呼哧呼哧地喘着气爬起来，反复这样叨念着，也不管铁链的重量，伏在地上又站起来，铁链撞在地上发出刺耳的响声。

伏洛嘉在我大腿上拧了一把，拧得我很痛，但我连头都没有回一下，只用手揉揉痛的地方，继续怀着孩子的惊讶、怜悯和景仰之情注视着格里沙的一言一行。

我进储藏室时原以为这里有的是快乐和欢笑，可是此刻却只感到战栗，心脏也抽紧了。

格里沙还久久地处在这种宗教的狂热之中，随口祈求着什么。一会儿，他反复叨念："主保佑！"但每次都用不同的语气和表情。一会儿，他说："饶恕我吧，主啊，教教我怎么做……教教我怎么做！"脸上的表情仿佛希望马上得到答复。一会儿，只听得悲惨的哭声……他跪着抬起身子，双手交叉在胸前，一言不发。

我悄悄地从门里探出头去，屏住呼吸。格里沙木然不动，从胸膛里发出沉重的叹息。月光照到他那只失明的眼睛，但见混浊的瞳仁上挂着一滴眼泪。

"你的旨意定能实现！"他突然露出难以描写的表情大叫一声，前额碰到地上，像孩子一般号啕大哭。

从那时起，多少岁月逝去了，多少往事对我已失去了意义，变成朦胧的幻梦，就连疯修士格里沙也早已结束了他的最后一次云游，但是，当时他给我留下的印象，他所引起的我的情绪，却永远不会在我脑海里消失。

哦，伟大的基督徒格里沙！你的信心真是坚定，你感到上帝临近，你的爱真是伟大，你的话都是自然地脱口而出，无须经过思考……当你找不到适当的语言来表达，泪流满面地拜倒在地时，你献给上帝的又是多么崇高的颂词！……

我听格里沙祈祷时受到的感动并没有持续多久，因为：第一，我的好奇心很快得到了满足；第二，我在一个地方坐得太久，腿发麻了，我想到后面黑暗的储藏室去，参加大家的低声交谈和吵闹。有人拉住我的手，悄悄地问："这是谁的手？"储藏室里一片漆黑，但从接触和低语中我立刻认出这是卡金卡。

我无意识地抓住她短袖下的臂肘，把嘴唇贴上去。这个举动一定使卡金卡大吃一惊，她把手臂缩了回去，但她这样一动就把储藏室里的一把破椅子撞倒了。格里沙抬起头来，悄悄环顾了一下，一边祷告，一边向四角画十字。我们低声交谈着，闹哄哄地跑出储藏室。

第十三章

纳塔丽雅·萨维什娜

上世纪中叶，在哈巴罗夫卡村居民的院子里，常可以看到一个叫纳塔什卡[1]的红脸蛋胖姑娘跑来跑去。她虽然穿着粗布衣服，光着脚，但总是快快活活。她的父亲叫萨瓦，在我家吹单簧管。由于他的功劳和要求，外祖父把纳塔什卡提升上来，当外祖母的使女。

作为一名使女，纳塔什卡以性情温顺、做事勤快出名。我母亲出生后需要一个保姆，这个职务就落在纳塔什卡身上。担任这个新职后，纳塔什卡就因忠诚、能干和对小东家的爱护而受到称赞和奖赏。然而，头发上敷粉、脚穿吊带长袜的伶俐青年男仆福卡，在工

① 纳塔什卡是纳塔丽雅的爱称。

作上同她有接触，竟把她那颗粗野而多情的心给迷住了，她终于鼓起勇气亲自去要求外祖父准许她嫁给福卡。

外祖父听了勃然大怒，把她的要求看做忘恩负义，就把可怜的纳塔什卡遣送到草原田庄去饲养牲口作为惩罚。但谁也代替不了纳塔什卡原来的职务，六个月后她又被召了回来。她身穿粗布衣服从流放地回来，走到外祖父跟前，跪在他脚下，请求再赐给她恩惠和照顾；她记忆起自己一度中邪的糊涂念头，她发誓决不再犯。她果然信守誓言。

从那时起，纳塔什卡就成了纳塔丽雅·萨维什娜，开始戴包发帽①，她身上的全部爱心都转移到她所照顾的小姐身上。

当一名家庭女教师取代了她在我母亲身边的地位时，储藏室的钥匙就交给了她，由她掌管内衣、床单和食品。她执行新的职务依旧那么殷勤和忠心。她全心全意照管主人的财产，发现处处都有浪费、损坏和盗窃，就千方百计加以防止。

妈妈出嫁时，想报答纳塔丽雅·萨维什娜二十年来的辛勤劳动和一片忠心，把她叫到屋里，对她大为赞扬，向她表示感激和垂爱，并交给她一张印有徽章的解放证②，上面写明给予纳塔丽雅·萨维什娜自由，同时说，不论她是不是继续在我家当差，每年都可得到三百卢布的养老金。纳塔丽雅·萨维什娜默默地听完这些话，拿起文件，恶狠狠地瞧了它一眼，咬牙切齿地嘟囔了几句，就跑出屋去，砰的一声关上门。妈妈弄不懂她这种古怪行为的意思，过了一会儿走进纳塔丽雅·萨维什娜的房间。只见她坐在箱子上，泪流满面，手指翻弄着手帕，目不转睛地望着撕成碎片、散落在地上的解放证。

---

① 旧俄时一般使女都包头巾，到一定年纪才能戴包发帽。

② 旧俄1861年前发给农奴的解放证书。

“您这是怎么啦，我的好纳塔丽雅·萨维什娜？”妈妈拉住她的手问。

“没什么，小姐，”她回答，“想必是我什么地方使您讨厌，您要把我赶走……那好，我这就走。”

她抽回手，勉强忍住眼泪，要走出屋去。妈妈把她拦住，抱住她，两人抱头痛哭起来。

自从我记事的时候起，我就记得纳塔丽雅·萨维什娜，记得她的爱心和关注，而直到现在我才懂得珍惜她的人品，可当时我根本没有想到，这老妇人是个多么少见的可贵的人。她不仅从来不提自己，而且几乎从未想到过自己：她的一生就是爱和奉献。我习惯于接受她那无私的慈爱，根本没有想到会有别种情况，一点也不感激她，也从来没有想到过她自己是不是幸福，是不是感到满足。

我有时借口有事逃学，跑到她的屋里，坐下来诉说我的梦想，在她面前一点也不感到拘束。她总是忙忙碌碌，不是织袜子，就是在满屋的箱子里翻寻着什么，或者登记内衣床单，同时听着我的胡言乱语，例如：“等我当上将军，我要娶一个顶漂亮的美人，买一匹枣红马，盖一幢玻璃房子，把卡尔·伊凡内奇的亲属从萨克森召来。”等等。她总是说：“对，少爷，对。”当我起身要走时，她往往打开那只蓝箱子（我至今记得，箱子盖里贴着一张彩色骠骑兵像、一张从生发油瓶上揭下来的商标和伏洛嘉画的一张画），从箱子里拿出一块香点上，挥挥说：

“少爷，这还是奥恰科夫出产的香呢，是你过世的爷爷——愿他在天国平安——去打土耳其人时，从那里带回来的。这是最后一块了。”她叹了口气。

她的屋里堆满箱子，什么东西都能在那里找到。平时不论需要什么，大家总是说："得问问纳塔丽雅·萨维什娜。"果然，她稍微翻翻，就会找到所需要的东西，并且说："幸亏我收起来了。"这些箱子里有成千上万件东西，家里除了她，谁也不知道，谁也不关心。

有一次我很生她的气。事情是这样的：吃午饭时，我给自己倒克瓦斯，不小心打翻玻璃瓶，把克瓦斯洒在了桌布上。

"把纳塔丽雅·萨维什娜叫来，让她瞧瞧她的宝贝干的好事。"妈妈说。

纳塔丽雅·萨维什娜走来，看见我洒的一摊克瓦斯，摇摇头。接着妈妈对她咬了咬耳朵，对我做了个威胁的手势，走出屋去。

吃完饭，我心情很好，蹦蹦跳跳来到大厅，没想到纳塔丽雅·萨维什娜突然从后面奔过来，一手拿着桌布，一手把我捉住，尽管我拼命挣扎，她还是拿那块湿桌布往我的脸上擦，嘴里说："不许弄脏桌布！不许弄脏桌布！"我感到十分委屈，气得号啕大哭。

"哼！"我在大厅里走来走去，喉咙哽咽，自言自语，"纳塔丽雅·萨维什娜，哼，纳塔丽雅，你胆敢对我称'你'，还用湿桌布打我的脸，好像我是个小家奴。不行，这太气人了！"

纳塔丽雅·萨维什娜看见我哭，立刻跑开。我仍旧在大厅里走来走去，考虑着怎样向放肆的纳塔丽雅对我的侮辱进行报复。

过了一会儿，纳塔丽雅·萨维什娜回来了，怯生生地走到我跟前，安慰我说：

"行了，好少爷，别哭了……原谅我这个傻瓜……是我错了……您就原谅我吧，我的宝贝……这给您……"

她从手帕里拿出一个狭长的红纸包，里面包着两块糖和一个干无花果，用颤抖的手递给我。我没有勇气抬头看看这位善良的老妇

人的脸，就转过身去接受她的礼物。我泪如雨下，但这已不是由于愤怒，而是由于感动和羞愧。

第十四章

离别

在发生上述事件后的第二天上午十一点多钟，一辆轿车和一辆篷车停在大门口。尼古拉一身出门打扮，裤脚塞在靴子里，旧礼服用一条宽腰带紧紧束住。他站在篷车上，在座位上铺好外套和靠垫，他觉得座位太高，就坐到靠垫上，拼命蹦着想把它们压低些。

“劳您驾，尼古拉·德米特里奇，老爷的匣子能不能放在您那儿？”爸爸的侍仆从轿车里探出头来，气喘吁吁地说，“匣子很小……”

“您应该早点说，米海依·伊凡内奇。”尼古拉生气地急急回答，使劲把一个小包扔到篷车的底座上，“说真的，我已经忙得晕头转向，您还要拿什么小匣子来。”说着，他推了推帽子，从晒得黑黑的额上擦掉大颗汗珠。

男仆们有的穿着礼服，有的穿着长袍，有的穿着衬衫，都光着头；女仆都穿着粗布衣服，头上包着条纹头巾，手里抱着婴儿；还有赤脚的孩子；他们都站在门口，瞧着马车，交谈着。有一个驼背的老车夫，头戴暖帽，身穿粗呢外套，手里握着辕杆，一边摸弄着，一边沉思着，望着车轮。另一个车夫年轻、漂亮，穿着一件腋下有红布镶条的白衬衫，他搔着金黄色鬈发，把圆筒形黑羔皮帽一会儿推到这只耳朵上，一会儿推到那只耳朵上。接着把外套扔在驭座上，把缰绳也扔在上面，挥挥用皮条编的鞭子，一会儿瞧瞧自己脚上的靴子，一会儿望望正在给马车加油的车夫。一个车夫使劲托住马车，另一个俯身在车轮上，仔细地在车轴和车毂上涂油，为了不浪费留在刷子上的油，还把它涂在车轮上。几匹毛色不同、疲劳不堪的驿马站在栅栏旁，用尾巴拂着苍蝇。有些马伸出肿胀的毛茸茸的腿，眯缝着眼睛打瞌睡；有些马闲着无聊，互相搔着痒，或者嚼着台阶旁粗硬的暗绿色羊齿植物的叶和茎。几条狼狗，有的卧在阳光下吃力地喘着气，有的徘徊在马车的阴影下，舔着车轴上的油。空气中弥漫着尘雾，地平线呈紫灰色，但天上没有一片云。一阵猛烈的西风从路上和田野上卷起一股股尘土，吹弯花园里高高的菩提树和白桦树的树梢，把枯黄的落叶刮得远远的。我坐在窗口，迫不及待地等待准备工作结束。

当一家人都聚集在客厅，围着圆桌一起坐上最后几分钟时，我根本没有想到面临着多么伤心的时刻。我的头脑里转着一些极无聊的念头。我暗自思量：哪个车夫赶篷车？哪个车夫赶轿车？谁跟爸爸一起坐？谁跟卡尔·伊凡内奇一起坐？为什么一定要我围上围巾，穿上棉袄？

“我又不是娇娃娃，我总不至于冻死吧。但愿这一切快点结束，好上车出发。”我心里想。

“请问，孩子们衣服的清单交给谁呀？”纳塔丽雅·萨维什娜泪流满面，手里拿着清单走进来，问妈妈说。

“交给尼古拉，然后您来同孩子们告别。”

老妇人想说什么，但突然闭上嘴，用手帕掩住脸，摆摆手走出屋去。看着她这副样子，我不禁有点心酸，但急于上路的心情压倒这种情绪，继续若无其事地听着爸爸和妈妈谈话。他们谈着显然两人都不感兴趣的事：给家里买点什么？对莎菲公爵小姐和裘丽夫人讲点什么？路好不好走？

福卡走进来，站在门口，用平时报告“饭好了”那样的语气

说："马套好了！"我发现妈妈一听到这消息浑身打了个哆嗦，脸色煞白，仿佛完全出乎她的意料似的。

福卡奉命关上房间里所有的门。我感到很好玩，心里想："仿佛大家躲着什么人似的。"

等大家都坐下[1]，福卡也在长椅的一端坐下来，但他刚坐下，门就咯吱响了一声，大家都回过头去，纳塔丽雅·萨维什娜匆匆走进屋来，她眼睛也没抬一抬，就在门边福卡坐的那张长椅上坐下。我至今仿佛还看见福卡的秃头、他那皱纹密布的没有表情的脸和那个驼背的慈祥的老妇人，她头戴包发帽，帽下露出花白的头发。他们挤在一条长椅上，有点局促不安。

我仍旧漫不经心，但很不耐烦。大家关上门坐了十秒钟，我觉得简直有整整一个小时。最后大家站起来，画了十字，互相告别。爸爸搂住妈妈，吻了她好几次。

"好了，我的朋友！"爸爸说，"又不是永别。"

"总有点伤心！"妈妈含着眼泪，声音哆嗦地说。

我听见这声音，看见她那抖动的嘴唇和饱含泪水的眼睛，我忘了世上的一切，心里感到又悲伤，又痛苦，又害怕，我真想逃走，不愿和她告别。这时我才明白，她拥抱爸爸，也就是同我们告别。

她再三再四地吻伏洛嘉，替他画十字，我以为这下子该轮到我了，就钻到前面去，但她还是一次又一次替伏洛嘉祝福，把他紧紧抱在怀里。最后我搂住她，依偎着她，哭了又哭，什么也没想，心里只有伤感。

当我们要上马车的时候，讨厌的仆人们都聚在前厅同我们告

---

①俄国风俗，出门前全家一起默坐一会儿，预祝一路平安。

别。他们说："让我吻吻您的手。"他们啧啧地吻我们肩膀的声音，以及他们头上发出的油腻味，这一切都使我恼恨和不快。在这种心情支配下，当纳塔丽雅·萨维什娜泪流满面向我告别时，我只十分冷淡地吻了吻她的包发帽。

奇怪的是，我至今还清楚地记得仆人们的脸，能够细致入微地把它们描绘出来，但是妈妈的相貌和姿势却忘得一干二净，也许这是因为我当时始终鼓不起勇气来瞧她一眼。我觉得，我要是这样做，我和她的悲伤就会难以忍受。

我抢先跳上轿车，坐到后座上。由于车篷已经支起，我什么也看不见，但凭本能知道妈妈还在马车旁。

"要不要再看看她？……是的，最后一次！"我自言自语，从马车里探出头向台阶望去。这时，妈妈怀着同样的心情从马车对面走来，嘴里唤着我的名字。听见她在后面叫我，我连忙转过身去，但由于转得太快，我们的头撞在一起。她凄苦地一笑，最后一次使劲地、使劲地吻了我。

我们走了有几俄码[①]远，我决定再看她一眼。风吹起她头上浅蓝色头巾；她垂下头，双手掩着脸，慢慢走上台阶。福卡扶着她。

爸爸坐在我旁边，什么话也没有说。我哭得喘不过气来，喉咙像被什么东西堵住，我简直怕会闷死……上了大路，我们看见有人在阳台上挥动白手帕。我也挥起我的手帕来。这样做使我稍微平静点儿。想到我的眼泪足以证明我是个感情丰富的人，我感到很欣慰。

走了一俄里[②]光景，我坐得舒服点儿，聚精会神地凝视着眼前最

---

①1俄码等于2.134米。

② 1俄里等于1.06千米。

近的东西——在我这边拉边套的马的臀部。我望着这匹花马怎样甩动尾巴，一只脚怎样撞着另一只，车夫的马鞭怎样落到他身上，它的四只脚怎样整齐地一起奔腾。我望着它身上的皮套和皮套上铜环的跳动，一直望到马尾旁皮套上淋漓的汗沫。我环顾四周，眺望麦浪翻滚的田野、黑色的休耕地，地里间或有一个农夫扶着木犁和带马驹的母马，我望望里程碑，甚至望一眼驭座，看看替我们赶车的是哪个车夫。我脸上的泪水还没有干，也许我和母亲从此再也见不到了，这时我的思想已远离我的母亲。不过，不论我回忆什么事，我都会想到她。我想起昨晚在白桦林荫路上发现的蘑菇，想起柳波金卡和卡金卡争着要采这颗蘑菇，还想起同我们分别时她们怎样哭泣。

我真舍不得离开她们！舍不得离开纳塔丽雅·萨维什娜！舍不得离开白桦林荫路！舍不得离开福卡！连那个很凶的咪咪，我也舍不得离开她！一切都舍不得！还有可怜的妈妈，她将怎么样？泪水又在我的眼眶里翻滚，但是没有持续多久。

赏析与品读

《童年》是托尔斯泰的处女作。19世纪50年代，托尔斯泰在高加索入伍期间开始了文学创作。《童年》对小主人公单纯而又富有诗意的内心世界和外部世界做了细致入微的描摹，他写了童年感觉中的老师、疯修士、妈妈、爸爸、喜欢的小姑娘、仆人、管家和邻人，他出色地表现了一个出身贵族家庭的、聪颖、敏感、感情热烈，并爱作自我分析的儿童的精神成长过程。

作家冷静、投入，深爱他身边的一景一物一人，他用素描的

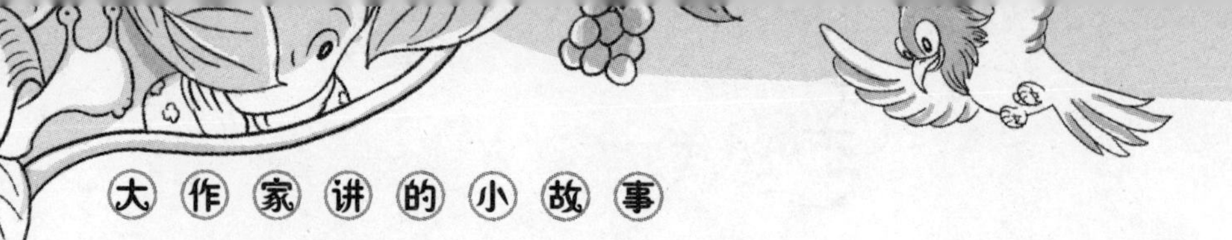

笔触描绘的俄国贵族家庭生活画面，让人感觉到善良同情在俄罗斯民族中的存在。从要解雇伊凡内奇家庭教师的聘用，到善意地理解其固执而自尊的坚持，一个善良，甚至有民粹主义思想影响的贵族家庭气氛，让人看得温暖亲切，不由得喜欢上这家人。

而那平静的不动声色的叙事，也成为托尔斯泰一贯的风格。它与后来作家写就的《少年》和《青年》，一起构成了托尔斯泰自传三部曲。

新人文读本

小学12卷，初中6卷

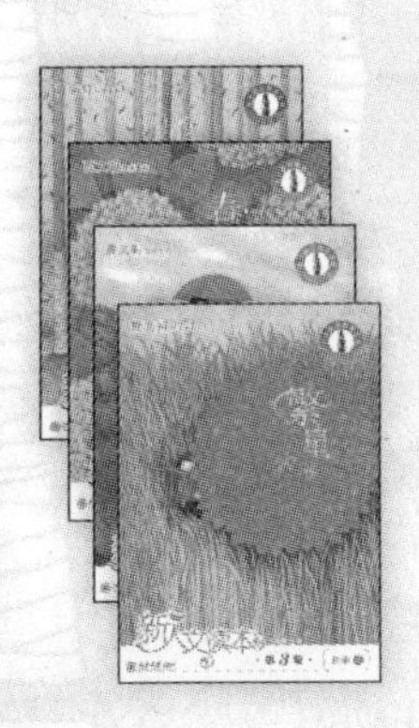

内容介绍

本套丛书充分张扬人文精神，使中小学生感悟爱、和谐、关怀、独立、自尊、创造、责任等饱含人情味和人文气息的人文主题。震撼人心的深刻内涵，创造奇迹的爱心故事，透明纯净的童心天空，温暖人间的美德修养，笑傲挫折的平静坦然，奇趣多彩的自然景观，广博深远的科技前景……缤纷的文字散发着馨香的人文气息，蕴涵着深厚的人文底蕴，引人入胜，发人深省。

系列亮点

精选当代美文　弘扬人文精神
倡导自主阅读　提升写作能力

国家“十一五”重点图书出版规划
- 全国“知识工程”联合推荐用书
- 全国“知识工程·创建学习型组织”联合团购用书
- 教育部全国中小学图书馆推荐用书
- 《中国图书商报》最具创新性助学读物

新科学读本

（珍藏版）

共 10 册

把科学教育从“题海战术”中解放出来

主编：著名科普作家、清华大学教授　刘　兵

中华人文精神读本

（青少年版·第2版）

4册·插图本

作　　者：汤一介 主编

定　　价：25.00元/册

出版日期：2012年3月

丛书简介

如何对待传统文化是摆在我们面前的一个无可回避问题，也是一个一直在热烈争论的问题。不同的时代面临的问题不一样，因此会有不同的观点，但“古为今用，取其精华”则是共识。《中华人文精神读本》精心挑选数千年来对中国产生过深远影响，而且在今天仍然在被人们所关心的26个主题，并从中国最重要的文化典籍中挑选朗朗上口，思想性和文学性很强的内容呈现给读者。丛书不仅仅是对古代文言进行注释和文意解说，为了便于读者理解，每个阅读单元还提供了生动有趣的小故事，并引申出对今天人们行为的有指导性的启示。图文并茂，生动活泼。

主编简介

汤一介：北京大学哲学系教授，中国哲学与文化研究所所长，博士生导师。加拿大麦克玛斯特大学荣誉博士学位，美国哈佛大学访问学者。曾任美国、澳大利亚、中国香港等地大学客座教授。中国文化书院院长、中国哲学史学会顾问、中华孔子学会副会长、中国东方文化研究会副理事长、中国炎黄文化研究会副会长、国际价值与哲学研究会理事、国际儒学联合会顾问、国际道学联合会副主席。曾任国际中国哲学会主席，现任该会驻中国代表。